U0051690

喜(き)怒(ど)哀(あい)樂(らく)心情日語

作者、插畫
山本峰規子

笛藤出版

CONTENT ▶▶▶

第 1 章 ▶ 喜

第 2 章 ▶ 誇獎

CONTENT ▶▶▶

CONTENT ▶▶▶

CONTENT ▸▸▸

第 5 章 ▶ 否定

CONTENT ▸▸▸

CONTENT ▸▸▸

第 8 章 ▶ 害怕・驚嚇

CONTENT ▸▸▸

第 10 章 ▶ 傻眼

about

前言

你還在學硬梆梆的日語，跟日本朋友聊起天來總是「沒梗」嗎？覺得只學課本、教科書上死板的日語太「正經」了嗎？其實日本人也會和我們一樣脫口說出「囧了！」、「囉哩叭唆！」、「船到橋頭自然直啦！」…等生動的口語。若想深入日本人的日常生活與內心世界，一定要知道這些關鍵句，才能陪著日本朋友們一同喜怒哀樂，分享彼此的心情點滴。透過本書的活潑對話、可愛插圖，及不時穿插「不像話小劇場」能讓你輕輕鬆鬆樂活學日語，還能順便了解「日式幽默」！

本書以情緒為主軸編排，分為「喜」、「怒」、「哀」、「否定」、「恐懼」等共 10 個篇章，386 個小情境超過 800 句生活會話，所有日常生活用得到的會話表現一次滿足！而占本書篇幅相當大的第三章「生氣」篇，蒐羅了許多日劇中常見的生活日語，其中一些較誇張的用法更堪稱「危險日語」，滿足日語學習者對日本人的好奇心，打破日本人總是彬彬有禮喜怒不形於色的刻板印象，看完本書讓你更深入了解日本人的各個面向，說起日語更靈活！再加上日籍老師發音的 MP3，邊聽邊學立刻輕鬆進入日語模式！

笛藤編輯部

about

特色

情緒主軸分類：

各種情緒表達統統包，每篇翻開都是驚喜，想說的日語都能輕鬆脫口說！

全彩活潑插圖：

一目瞭然，圖像式記憶輕鬆學習沒負擔。

日籍老師配音：

搭配 MP3 邊聽邊學，日語聽力 up！還能說得一口漂亮的好日語。

單字句型解析：

透過單字與句型的解析幫助打穩日語基礎，讓你日文底子功力深厚。

Column 小知識：

日本豆知識補給站，教你如何讀日式空氣，應對過程零失誤。

不像話劇場：

紓壓小空間，輕鬆看、輕鬆學增加日語學習續航力！

about

使用方式

MP3 音軌

♪ 03-02

跟著日籍老師開口說日語！

♪03-02

真令人火大！

令人火大！ 082

▶ むかつく！ [mu.ka.tsu.ku]

那個店員真令人火大！ あの店員、むかつく！

a.no.te.n.i.n、mu.ka.tsu.ku

注意 むかつく：生氣。

令人火冒三丈！ 083

▶ 頭に来る！ [a.ta.ma.ni.ku.ru]

什麼態度嘛！真令人火冒三丈！ 何あの態度！頭に来る！

實在是太可惡了！ 084

▶ 腹立たしい [ha.ra.da.ta.shi.i]

那個壞課長，實在是太可惡了！ あのダメ課長、腹立たしいったらないよ！

我就說過了嘛，他是喝多了！ だからって、飲み過ぎだよ。

腹立たしい：令人生氣。

飲み過ぎ：喝太多了。

COLUMN ダメ

句型分析 ～ったらない：強調用法，表示沒有比～程度更甚的了。

84　　真令人火大！85　生氣

♪ 句型編號

現在學到第 83 句！

♪ 句子中日對照

實用的生活情境對話讓你朗朗上口。

可愛角色情境對話

注意小叮嚀

提醒日語學習者常犯的小錯誤。

句型分析

學習講出漂亮完整的日語！

COLUMN

小專欄

日本豆知識後援站。

加映
不像話劇場
——紓壓小天地
看完了再上！

本篇收錄9個單元，將日常生活中的開心場合依情境分類。開心也有分很多種，你知道旅行的期待、中頭獎時的狂喜、回到家時放鬆的感覺該怎麼說嗎？翻開本篇就可以知道日本人怎麼說！

♪ 01-01

真是開心

好開心喔！ 001

▶ うれしい！ [u.re.shi.i]

生日快樂！這是禮物，一點小心意。	誕生日(たんじょうび)おめでとう！これ、＊心(こころ)ばかりのプレゼント。 ta.n.jo.o.bi.o.me.de.to.o! ko.re、ko.ko.ro.ba.ka.ri.no.pu.re.ze.n.to
哇～謝謝你！好開心喔！	わーありがとう！うれしい！ wa.a.a.ri.ga.to.o! u.re.shi.i

＊心(こころ)ばかり：一點小心意（送人禮物時常用的謙讓語）

真是令人期待！ 002

▶ ワクワク [wa.ku.wa.ku]

這是你的禮物，打開來看看。	＊プレゼント、開(あ)けてみて。 pu.re.ze.n.to、a.ke.te.mi.te
會是什麼咧？真是令人期待！	なん▸だろう？＊ワクワクするなあ！ na.n.da.ro.o? wa.ku.wa.ku.su.ru.na.a

＊プレゼント（present）：禮物。

＊ワクワク：興奮、期待或是擔心等心情不平靜的樣子。表示狀態的擬聲擬態語。

既興奮又期待 003

▶ ウキウキ [u.ki.u.ki]

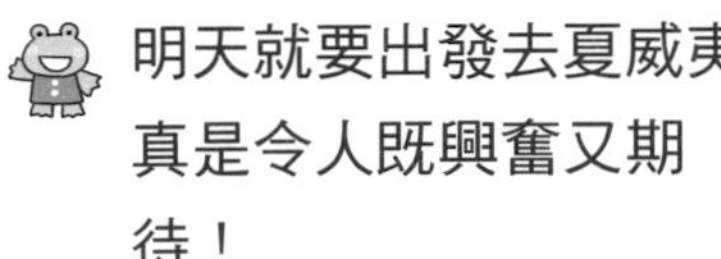

明天就要出發去夏威夷真是令人既興奮又期待！

明日（あした）から＊ハワイで＊ウキウキしてるんだ。

a.shi.ta.ka.ra.ha.wa.i.de.u.ki.u.ki.shi.te.ru.n.da

難怪看你一早就心情很好的樣子。

▸道理（どうり）で朝（あさ）から▸機嫌（きげん）がいいと思った。

do.o.ri.de.a.sa.ka.ra.ki.ge.n.ga.i.i.to.o.mo.t.ta

＊ハワイ（Hawaii）：夏威夷。

＊ウキウキ：因為期待而興奮的樣子。表示狀態的擬聲擬態語。

句型分析

- だろう：…呢？。口語中表示推測的語氣。
- 道理（どうり）で：難怪…，有種原來如此的語感。
- 機嫌（きげん）がいい：心情很好。 ⇔ 機嫌（きげん）が悪（わる）い：心情不好。

♪ 01-02

感動

感動！① 004

▶ 感動（かんどう）！ [ka.n.do.o]

這個！是給澀谷小姐的，是妳最想要的畫家作品集喔！

はいこれ、渋谷（しぶや）さんへ。
ほしかった作家（さっか）の*画集（がしゅう）だよ。

ha.i.ko.re、shi.bu.ya.sa.n.e。
ho.shi.ka.t.ta.sa.k.ka.no.ga.shu.u.da.yo

哇～太感動了！你竟然記得！！好開心喔！

感動（かんどう）！覚（おぼ）えていてくれたんだ！

ka.n.do.o!o.bo.e.te.i.te.ku.re.ta.n.da

*画集（がしゅう）：畫冊、畫集。

● ● ● ●

感動！② 005

▶ 大感激（だいかんげき）！ [da.i.ka.n.ge.ki]

大家對我這麼支持與照顧，真的令我非常感動！

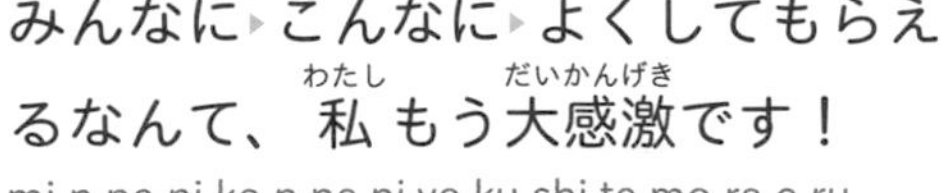

みんなに▸こんなに▸よくしてもらえるなんて、私（わたし）もう大感激（だいかんげき）です！

mi.n.na.ni.ko.n.na.ni.yo.ku.shi.te.mo.ra.e.ru.na.n.te、wa.ta.shi.mo.o.da.i.ka.n.ge.ki.de.su

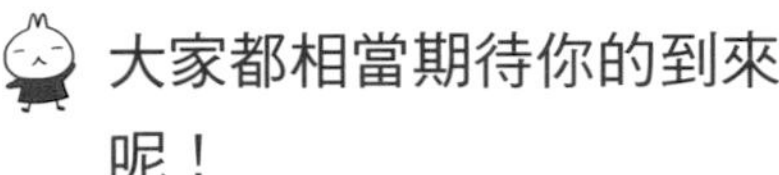

大家都相當期待你的到來呢！

みんなあなたが来（く）るのを▸楽（たの）しみにしてたんだ。

mi.n.na.a.na.ta.ga.ku.ru.no.o.ta.no.shi.mi.ni.shi.te.ta.n.da

句型分析

● ～てくれる：對方為我做～。

覚（おぼ）えていてくれたんだ！表示對方記得自己喜好那種喜悅的心情。

● こんなに：這麼。（描述離自己，或是離自己近的事物）

そんなに：那麼。（描述對方的事物。）

あんなに：那麼。（跟對方談論別人的事物。）

● よくしてもらえる：對我這麼好。

て＋もらう：表示請求人為自己做某事，或接受人為自己做某事。

● 楽（たの）しみにしてる：很期待。口語中常將している簡略成してる。

♪ 01-03

太棒了！

ふ～ 極楽、極楽♪

●●●●

像在天堂一樣～（舒服） 006

▶ 極楽（ごくらく）！ [go.ku.ra.ku]

嗯～舒服、舒服，簡直像在天堂一樣。

ふ～、極楽（ごくらく）、極楽（ごくらく）！

fu ～、go.ku.ra.ku、go.ku.ra.ku

COLUMN

極楽（ごくらく）～極楽（ごくらく）～

是大部分的日本人在泡溫泉時常講的定番句唷！

●●●●

太棒了！① 007

▶ 最高（さいこう）！ [sa.i.ko.o]

今天早點結束工作，大家一起去啤酒屋喝一杯！

今日（きょう）は仕事（しごと）を＊早（はや）めに＊切（き）り上（あ）げて、みんなで＊ビアガーデンに行（い）こう！

kyo.o.wa.shi.go.to.o.ha.ya.me.ni.ki.ri.a.ge.te、mi.n.na.de.bi.a.ga.a.de.n.ni.i.ko.o

真的嗎？哇～太棒了！　マジですか？わー！最高（さいこう）！
ma.ji.de.su.ka? wa.a!sa.i.ko.o

＊早（はや）めに：很快地、早早地。　＊切（き）り上（あ）げる：完成了一個段落。
＊ビア（beer）ガーデン（garden）：啤酒屋。

COLUMN
マジですか
マジ是まじめ（認真、真的）的縮寫，口語中常直接説マジですか？詢問對方真的嗎？沒開玩笑吧？

太棒了！② 008

▶ やった！ [ya.t.ta]

太棒了！我跟我女朋友同組！　やった！＊彼女（かのじょ）と同（おな）じ＊グループだ。
ya.t.ta! ka.no.jo.to.o.na.ji.gu.ru.u.pu.da

好好喔！　いいなあ。
i.i.na.a

＊彼女（かのじょ）：①她　②女朋友。在此解釋為女朋友。　＊グループ（group）：組。

非常棒！ 009

▶ 楽(たの)しかった！ [ta.no.shi.ka.t.ta]

東京怎麼樣啊？

東京(とうきょう)はどうだった？

to.o.kyo.o.wa.do.o.da.t.ta

非常棒！
買了好多東西呢！

楽(たの)しかった！
買(か)い物(もの)も*いっぱいしたよ。

ta.no.shi.ka.t.ta! ka.i.mo.no.mo.i.p.pa.i.shi.ta.yo

*いっぱい：很多。お腹(なか)いっぱい（吃得很飽）精一杯(せいいっぱい)（卯足全力）

萬歲！ 010

▶ 万歳(ばんざい)！ [ba.n.za.i]

萬歲！工作終於結束了！

万歳(ばんざい)！*やっと仕事(しごと)が終(お)わった！

ba.n.za.i! ya.t.to.shi.go.to.ga.o.wa.t.ta

萬～歲！辛苦了。

ばんざーい！お疲(つか)れさまでした。

ba.n.za.a.i! o.tsu.ka.re.sa.ma.de.shi.ta

*やっと：好不容易…終於。副詞。

COLUMN

お疲(つか)れさま
辛苦了。適用於任何場合與對象。

ご苦労様(くろうさま)
辛苦了。[OK] 對下屬，[NG] 對上司與同事。

像作夢一樣！ 011

▶ 夢（ゆめ）みたい！ [yu.me.mi.ta.i]

竟然被他告白，這簡直像作夢一樣！

あの人（ひと）に＊告白（こくはく）されるなんて、夢（ゆめ）みたい。

a.no.hi.to.ni.ko.ku.ha.ku.sa.re.ru.na.n.te、yu.me.mi.ta.i

真好，兩情相悅。

いいなあ、＊両想（りょうおも）いになれて。

i.i.na.a、ryo.o.o.mo.i.ni.na.re.te

＊告白（こくはく）される：被告白，告白（こくはく）する的被動形。

＊両想（りょうおも）い：兩情相悅。

真是令人難以置信！ 012

▶ 信（しん）じられない！ [shi.n.ji.ra.re.na.i]

恭喜你獲得優勝！

おめでとうございます！あなたが＊優勝（ゆうしょう）です！

o.me.de.to.o.go.za.i.ma.su! a.na.ta.ga.yu.u.sho.o.de.su

咦！真是令人難以置信！是真的嗎？

えっ！＊信（しん）じられない！本当（ほんとう）ですか？

e! shi.n.ji.ra.re.na.i! ho.n.to.o.de.su.ka

＊優勝（ゆうしょう）：優勝、獲勝。

＊信（しん）じられない：信（しん）じる的可能形，表示可以相信、值得相信，在此後加否定ない表示難以置信。

開心到要飛上天了一樣！ 013

▶ 天（てん）にも昇（のぼ）る気持（きも）ち！ [te.n.ni.mo.no.bo.ru.ki.mo.chi]

獲得優勝請問你有什麼感想？

優勝（ゆうしょう）したご*感想（かんそう）は？

yu.u.sho.o.shi.ta.go.ka.n.so.o.wa

嗯，開心到要飛上天了一樣！

*もう、天（てん）*にも昇（のぼ）る気持（きも）ちです！

mo.o、te.n.ni.mo.no.bo.ru.ki.mo.chi.de.su

＊ご感想（かんそう）：你的感想。描述自己對事物所感時會用感想（かんそう），在此因為是詢問對方所以加「ご」表達尊敬。

＊もう：已經。（在此沒有將其刻意翻譯出來。）

＊にも：連…也…。（天（てん）にも昇（のぼ）る表示開心到好像要飛上天了一樣。）

やったーーっ
太棒了！

♪ 01-04

生活中的小確幸

心中感受到溫暖 014

▶ ほのぼのする [ho.no.bo.no.su.ru]

 這幅畫很純樸自然，畫得真好呢。

この絵(え)、*素朴(そぼく)でいいね。

ko.no.e、so.bo.ku.de.i.i.ne

 嗯，心裡似乎感覺得到畫裡傳來的暖意呢。

うん、*なんだか*ほのぼのするね。

u.n、na.n.da.ka.ho.no.bo.no.su.ru.ne

*素朴(そぼく)：純樸自然。

*なんだか：似乎、總覺得，帶點不確定的語氣述說自己的感覺。

*ほのぼの：①明亮的②溫暖的③朦朧的。在此為②溫暖的意思。

放鬆了下來 015

▶ ほっとする [ho.t.to.su.ru]

果然還是回到家最令人放鬆了。

＊やっぱり家(いえ)に帰(かえ)ると、ほっとするなあ。

ya.p.pa.ri.i.e.ni.ka.e.ru.to、ho.t.to.su.ru.na.a

＊やっぱり：果然、還是…。（やはり的口語。）

やっぱり比やはり更加強調果然、還是…的語感。

安靜祥和 016

▶ 和(なご)む [na.go.mu]

舖榻榻米的房間給人一種好安靜祥和的感覺喔！

＊畳(たたみ)の部屋(へや)は、＊和(なご)むなあ。

ta.ta.mi.no.he.ya.wa、na.go.mu.na.a

是呀！可以讓人放鬆的感覺真好。

だよね。＊リラックスできていいな。

da.yo.ne。ri.ra.k.ku.su.de.ki.te.i.i.na

＊畳(たたみ)：榻榻米。

＊和(なご)む：安靜祥和。

＊リラックス(relax)：放鬆。

幸福

017

▶ 幸せ！[shi.a.wa.se]

我能夠跟你相遇，真的好幸福！

私、あなたと*出会えて、*ほんとに幸せ！！

wa.ta.shi、a.na.ta.to.de.a.e.te、ho.n.to.ni.shi.a.wa.se

我也是喔！

僕もだよ！

bo.ku.mo.da.yo

*出会え：相遇。（朋友或情人的相遇皆適用）

*ほんとに：本当に的口語說法。

COLUMN

僕、俺、私

這三種都是日本男性的自稱，詳細區分的話，小學生、中學生較常講僕，高中之後僕與俺都有人講，出社會之後在公司裡對上司會說私、私，私底下則依個人習僕與俺都會講。女性則無此差別，皆使用私。

あなたと出会えて、
ほんとに幸せ♥
能夠跟你相遇，我真的好幸福♥

ぼくもきみと
同じ気持ちだよ！
我也是喔！

種族や大きさが違っても、
仲良くなれるんだね♥
就算我們品種大小不一樣，
還是可以甜蜜蜜的喔！♥

うまそう…♥
好好吃的
樣子噢♥
きみとずっと一緒に
いたいな…なんて
我想跟你一
直在一起～
じゅる…
滴口水

不像話劇場
——無懼的愛！

♪ 01-05

當然囉！

就是要這樣！ 018

▶ こうでなくちゃ！ [ko.o.de.na.ku.cha]

又便宜又好吃！
安(やす)くてうまい！
ya.su.ku.te.u.ma.i

串燒就是要這樣！
やっぱり＊焼(や)き鳥(とり)は▸こうでなくちゃ！
ya.p.pa.ri.ya.ki.to.ri.wa.ko.o.de.na.ku.cha

＊焼(や)き鳥屋(とりや)：串烤店。串烤店不是只賣焼(や)き鳥(とり)（烤雞），只是以焼(や)き鳥屋(とりや)做為串烤店的統稱。

我很樂意！ 019

▶ よろこんで！ [yo.ro.ko.n.de]

你明天可以直接來上班嗎？
明日(あした)から働(はたら)き▸に来(き)▸てもらえますか？
a.shi.ta.ka.ra.ha.ta.ra.ki.ni.ki.te.mo.ra.e.ma.su.ka

可以，我很樂意！
はい、よろこんで！
ha.i、yo.ro.ko.n.de

當然！ 020

▶もちろん！ [mo.chi.ro.n]

你愛我嗎？

私(わたし)のこと、*愛(あい)してる？
wa.ta.shi.no.ko.to、a.i.shi.te.ru

當然呀！這還需要問嗎！

*もちろん！*当(あ)たり前(まえ)じゃないか。
mo.chi.ro.n!a.ta.ri.ma.e.ja.na.i.ka

*愛(あい)してる：愛。口語中常將している簡化説成してる。
*もちろん：當然。　　*当(あ)たり前(まえ)：當然。

句型分析

● こうでなくちゃ：就是要這樣，こうではないといけない的口語。日文口語中常將「では」唸成「ちゃ」。
● ～に来(き)て：來做～。
● ～てもらえる：為我做～。
● じゃないか：不是這樣嗎？是日文中常見溫和的反問用法。

♪ 01-06

真是幸運！

運氣真好 021

▶ 運(うん)がいい [u.n.ga.i.i]

我們的運氣真好！又分到同一班了！

私(わたし)たち、運(うん)がいいね！また一緒(いっしょ)の*クラスに*なれて。

wa.ta.shi.ta.chi、u.n.ga.i.i.ne!ma.ta.i.s.sho.no.ku.ra.su.ni.na.re.te

＊クラス(class)：班級。

＊なれて：能變成、能成為，なる的可能形なれる。

真幸運！ 022

▶ ついてる [tus.i.te.ru]

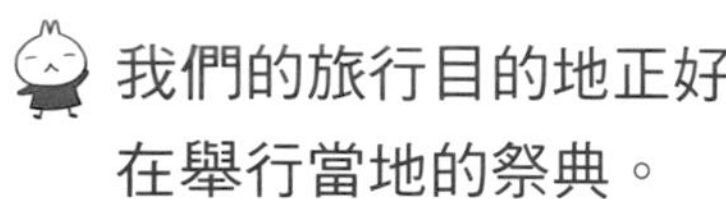

我們的旅行目的地正好在舉行當地的祭典。

*旅先(たびさき)でちょうど*お祭(まつ)りに*出(で)くわすなんて。

ta.bi.sa.ki.de.cho.o.do.o.ma.tsu.ri.ni.de.ku.wa.su.na.n.te

今天真是幸運！

今日(きょう)はついてるね！

kyo.o.wa.tsu.i.te.ru.ne

＊旅先（たびさき）：旅遊目的地。　＊お祭（まつ）り：日本祭典。　＊出（で）くわす：剛好遇到。

Lucky ！ 023

▶ ラッキー [ra.k.ki.i]

Lucky ！吃冰棒抽籤抽中再來一支！

＊ラッキー！＊アイスの▸くじが当（あ）たった！

ra.k.ki.i!a.i.su.no.ku.ji.ga.a.ta.t.ta

＊ラッキー（lucky）：幸運。　＊アイス（ice）：冰

句型分析

● くじが当（あ）たった：抽籤抽中了、中獎了。

真划算！ 024

▶ 得(とく)した [to.ku.shi.ta]

多得到了很多優惠服務。 ＊サービスで＊多(おお)めに＊もらっちゃった。
sa.a.bi.su.de.o.o.me.ni.mo.ra.c.cha.t.ta

在打烊時去光顧真划算！ ＊閉店(へいてん)＊間際(まぎわ)に行(い)って、得(とく)したね！
he.i.te.n.ma.gi.wa.ni.i.t.te、to.ku.shi.ta.ne

＊サービス(service)：服務、優惠。　＊多(おお)めに：大量的、多的。副詞。

＊もらっちゃった：得到了。もらってしまいました的口語。

＊閉店(へいてん)：店面打烊。　＊間際(まぎわ)：～之際。

賺到了 025

▶ 儲(もう)かった [mo.o.ka.t.ta]

店員搞錯了，明明只買2個卻放了3 個到我的袋子裡。 店員(てんいん)さんがまちがえて、2(ふた)つの▸ところ3(みっ)つ袋(ふくろ)に入(い)れてる。
te.n.i.n.sa.n.ga.ma.chi.ga.e.te、fu.ta.tsu.no.to.ko.ro.mi.t.tsu.fu.ku.ro.ni.i.re.te.ru

哇！那真是賺到了！ やった、儲(もう)かったね！
ya.t.ta、mo.o.ka.t.ta.ne

袋(ふくろ)

袋子、口袋；袋(ふくろ)也是母親的別稱，但用來稱呼母親時多半用平假名おふくろ而不用日語漢字。

漁翁得利

026

▶ 棚から*ぼた餅（棚ぼた） [ta.na.ka.ra.bo.ta.mo.chi]

叔叔買給兒子的車他竟然不要，所以就轉而送給我了。

叔父が息子に買った車、息子が要らないっていうから、*急に俺がもらう▸ことになったんだ。

o.ji.ga.mu.su.ko.ni.ka.t.ta.ku.ru.ma、mu.su.ko.ga.i.ra.na.i.t.te.i.u.ka.ra、kyu.u.ni.o.re.ga.mo.ra.u.ko.to.ni.na.t.ta.n.da

咦！真是漁翁得利呢！

えーっ、▸それってすごい棚ぼたじゃない！

e.e、so.re.t.te.su.go.i.ta.na.bo.ta.ja.na.i

*ぼた餅：牡丹餅，日式點心。也用來嘲笑大餅臉的女人。
*急に：突然、臨時。

注意 **棚から牡丹餅**

字面上的意思是，掉下來的紅豆糰子，剛好掉進等在下面的嘴巴裡。意思就是説，不費吹灰之力就得到幸運之神的眷顧。

句型分析

- **ところ**：在此為明明～卻～。
- **ことになった**：變成～。
- **それって**：這麼説來。

♪ 01-07

放心了

太好了！ 027

▶ よかった！ [yo.ka.t.ta]

 現在是11 點25 分。

今の時間は、１１時２５分。

i.ma.no.ji.ka.n.wa、ju.u.i.chi.ji.ni.ju.u.go.fu.n

太好了！還有足夠的時間可以趕上電車。

よかった！まだ十分電車に間に合う！

yo.ka.t.ta! ma.da.ju.u.bu.n.de.n.sha.ni.ma.ni.a.u

注意 また與まだ的分別

また：又…。

例句：また同じミスをしちゃった。（又犯了同樣的錯。）

まだ：還。

例句：まだ日本に行ったことないです。（還沒有去過日本。）

～に間に合う：來得及做～

間に合う也可用在東西還夠的情況。

例句：化粧品はまた間に合ってるです。（我的化妝品還夠用。）

鬆了一口氣！ 028

▶ ほっとした [ho.t.to.shi.ta]

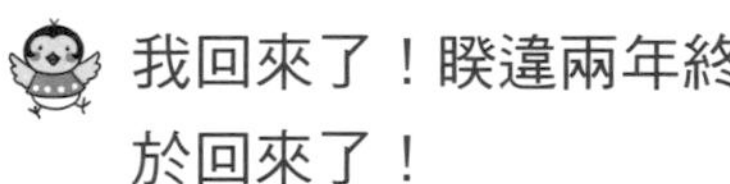

我回來了！睽違兩年終於回來了！

ただいまー！ 2年(にねん)*ぶりに帰(かえ)ってきたよ。

ta.da.i.ma.a! ni.ne.n.bu.ri.ni.ka.e.t.te.ki.ta.yo

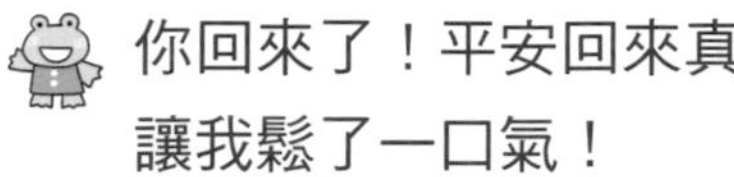

你回來了！平安回來真讓我鬆了一口氣！

お帰(かえ)り！無事(ぶじ)帰(かえ)ってきて、ほっとしたよ！

o.ka.e.ri! bu.ji.ka.e.t.te.ki.te、ho.t.to.shi.ta.yo

＊～ぶり：隔了～。～是一段時間，例如：十年(じゅうねん)ぶり（隔了10年）

COLUMN

日本人回到家時都會說聲「ただいま」（我回來了！）而在家裡的人則會回答「お帰(かえ)り」（歡迎回來！）

要出門的人會說「いってきます」（我出門囉！）在家的人則說「いってらしゃい」（路上小心！）。

放心了！ 029

▶ 安心(あんしん)した [a.n.shi.n.shi.ta]

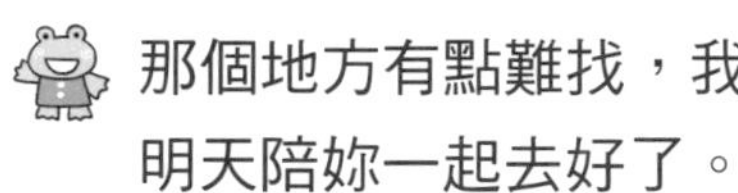

那個地方有點難找，我明天陪妳一起去好了。

その場所(ばしょ)はわかりにくいから、明日(あした)はついて行(い)ってあげる。

so.no.ba.sho.wa.wa.ka.ri.ni.ku.i.ka.ra、a.shi.ta.wa.tsu.i.te.i.t.te.a.ge.ru

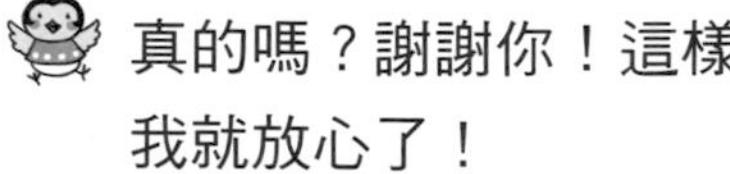

真的嗎？謝謝你！這樣我就放心了！

ほんとに？ありがとう！
それを聞(き)いて安心した！

ho.n.to.ni? a.ri.ga.to.o、
so.re.o.ki.i.te.a.n.shi.n.shi.ta

幫了我大忙！ 030

▶ 助(たす)かった！ [ta.su.ka.t.ta]

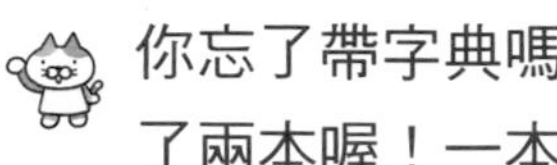

你忘了帶字典嗎？我帶了兩本喔！一本借你。

辞書(じしょ)を忘(わす)れたの？私(わたし) 2 冊(にさつ)持(も)ってるから、1 冊(いっさつ)貸(か)すよ。

ji.sho.o.wa.su.re.ta.no? wa.ta.shi.ni.sa.tsu.mo.t.te.ru.ka.ra、i.s.sa.tsu.ka.su.yo

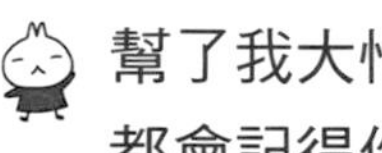

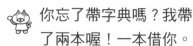

幫了我大忙！我一輩子都會記得你的恩惠的！

助(たす)かった～！一生(いっしょう)恩(おん)に着(き)るよ。

ta.su.ka.t.ta ～！ i.s.sho.o.o.n.ni.ki.ru.yo

（勉勉強強）過關！ 031

▶ （*ぎりぎり）セーフ！ [(gi.ri.gi.ri) se.e.fu]

Safe ！趕上了～。

セーフ！間(ま)に合(あ)った～。

se.e.fu! ma.ni.a.t.ta

超驚險的！原本以為來不及了呢！

危(あぶ)なかったなー。もうダメかと思(おも)ったよ。

a.bu.na.ka.t.ta.na.a。mo.o.da.me.ka.to.o.mo.t.ta.yo

＊ぎりぎり：勉勉強強很驚險的樣子。

句型分析

- てあげる：我幫你…。當身份為上對下時的說法。
- 恩（おん）に着（き）る：記得蒙受過的恩惠。
- ～かと思（おも）った：原先以為～

♪ 01-08

正是時候

正是時候！ 032

▶ いいタイミング！ [i.i.ta.i.mi.n.gu]

我買了蛋糕來喔！

＊ケーキ▸買(か)ってきたよ。

ke.e.ki.ka.t.te.ki.ta.yo

正是時候！我正在泡茶呢！

＊ちょうどいい＊タイミング！

今(いま)▸お茶(ちゃ)を入(い)れる▸ところだったんだ。

cho.o.do.i.i.ta.i.mi.n.gu!

i.ma.o.cha.o.i.re.ru.to.ko.ro.da.t.ta.n.da

＊ケーキ(cake)：蛋糕。 ＊ちょうどいい：剛剛好。

＊タイミング(timing)：時機。

求之不得 033

▶ 願(ねが)ってもない [ne.ga.t.te.mo.na.i]

我也跟著去這樣好嗎？

私(わたし)も行(い)っ▸てもいいかな？

wa.ta.shi.mo.i.t.te.mo.i.i.ka.na

千佳也能一起來的話真是求之不得呢！請妳一定要來喔！

千佳(ちか)が来(き)てくれるなんて、願(ねが)ってもないよ！＊ぜひ来(き)て！

chi.ka.ga.ki.te.ku.re.ru.na.n.te、ne.ga.t.te.mo.na.i.yo! ze.hi.ki.te

＊ぜひ：請、務必。副詞。

正合我意 034

▶渡(わた)りに船(ふね) [wa.ta.ri.ni.fu.ne]

妳怎麼會在這裡呢？不介意的話就上車吧！

こんなところでどうしたの？▸よかったら俺(おれ)の車(くるま)に乗(の)ってく？

ko.n.na.to.ko.ro.de.do.o.shi.ta.no?
yo.ka.t.ta.ra.o.re.no.ku.ru.ma.ni.no.t.te.ku

幫了我一個大忙，正愁著攔不到計程車呢！

助(たす)かった！▸渡(わた)りに船(ふね)！＊タクシーも捕(つか)まらなくて、困(こま)ってたんだ。

ta.su.ka.t.ta! wa.ta.ri.ni.fu.ne! ta.ku.shi.i.mo.tsu.ka.ma.ra.na.ku.te、ko.ma.t.te.ta.n.da

＊タクシー(taxi)：計程車。

句型分析

- ～買(か)ってきた：買了～過來。
- お茶(ちゃ)を入(い)れる：泡茶。請特別注意「泡茶」所搭配的動詞為入(い)れる。
- ～ところだ：正在…的時候。
- ～てもいい：可以做～嗎？客氣的詢問對方意見的常用說法。
  例句：これ、使(つか)ってもいい？（我可以使用這個嗎？）
- よかったら：可以的話請…。雖然感覺對方應該會同意，但日本人還是會禮貌性的說聲方便的話、可以的話請～
  例句：よかったらどうぞ上(あ)がってください。（方便的話請進。）
- 渡(わた)りに船(ふね)：想搭船的時候船就正好來了，形容事情照著預先期待發展時的喜悅。

（現在是）好機會！ 035

▶ （今(いま)が）チャンス！ [(i.ma.ga) cha.n.su]

聽說濱田先生最近跟女朋友分手了。

浜田(はまだ)さん、最近彼女(さいきんかのじょ)と別(わか)れ*たって*うわさだよ。

ha.ma.da.sa.n、sa.i.ki.n.ka.no.jo.to.wa.ka.re.ta.t.te.u.wa.sa.da.yo

好機會！

*チャンス！

cha.n.su

＊たって：聽說。引述別人所言時的常用用法。

＊うわさ：傳聞。

＊チャンス(chance)：機會、時機。

就趁現在！ 036

▶ 今(いま)だ！ [i.ma.da]

媽媽現在剛好出門了喔！

今(いま)ちょうどお母(かあ)さんが出掛(でか)けたよ。

i.ma.cho.o.do.o.ka.a.sa.n.ga.de.ka.ke.ta.yo

就趁現在！來吃被藏起來的點心吧！

今(いま)だ！隠(かく)してあるお菓子(かし)を*食(た)べよう！

i.ma.da! ka.ku.shi.te.a.ru.o.ka.shi.o.ta.be.yo.o

＊食(た)べよう：來吃吧！食べる的意志形。想邀對方一起做什麼事，或鼓勵人時常用。　例如：頑張(がんば)ろう（加油吧！）、行(い)こう（走吧！）

剛好 037

▶ちょうどいい [cho.o.do.i.i]

明天我有空。

明日(あした)なら*空(あ)いてますけど。

a.shi.ta.na.ra.a.i.te.ma.su.ke.do

剛好！可以幫我代班嗎？

ちょうどよかった！バイトに入(はい)ってもらえない？

cho.o.do.yo.ka.t.ta! ba.i.to.ni.ha.i.t.te.mo.ra.e.na.i

*空(あ)いてます：有空、還空著。

贊成！ 038

▶賛成(さんせい)！ [sa.n.se.i]

收拾完之後來喝杯茶吧！

ここを片付(かたづ)けたら、お茶(ちゃ)にしようか。

ko.ko.o.ka.ta.zu.ke.ta.ra、o.cha.ni.shi.yo.o.ka

贊成！那就進入最後衝刺階段，加油！

賛成(さんせい)！じゃあ、あとひと踏(ふ)ん張(ば)り、がんばるぞ！

sa.n.se.i! ja.a、a.to.hi.to.fu.n.ba.ri、ga.n.ba.ru.zo

注意 ぞ：吧。句末語助詞，男性用語，女生盡量不要使用喔！

句型分析

- バイトに入(はい)る：去打工。
- お茶(ちゃ)にしよう：來喝茶吧！
- ひと踏(ふ)ん張(ば)り：做努力衝刺。

OK ！　039

▶ オッケーです [o.k.ke.e.de.su]

那大家請看鏡頭的方向！（按下快門）很好、OK ！

それでは みなさん、*カメラの方(ほう)を見(み)てください！（*シャッターを押(お)す）はい、*オッケーです！

so.re.de.wa.mi.na.sa.n、ka.me.ra.no.ho.o.o.mi.te.ku.da.sa.i (sha.t.ta.a.o.o.su)
ha.i、o.k.ke.e.de.su

*カメラ(camera)：照相機。　*シャッター(shutter)：快門。　*オッケー(OK)：好了。

不像話劇場
——完全不ok篇

不好意思～
可以幫我拍張照嗎？
すみませーん、
ちょっとシャッターを
押してもらえますか？

ハーイ、好～
撮りますよ～
要拍囉～

比想像中年紀還大耶…
思ったより
お年の方だった
なあ・・・

プル 震
プル 震

大丈夫かな～
沒問題吧？

ちゃんと
撮れてるかしら？
不知道有沒有拍好呢？

バッチリ 完全OK!
オッケーです！
ありがとう
ございます
謝謝妳！

やっぱり…
果然…

そう？ 是嗎？
よかったわ 太好了
オホホ
呵呵呵

♪ 01-09

心情很好喔！

發生了什麼好事嗎？ 040

▶ なにかいいことでもあったの？

[na.ni.ka.i.i.ko.to.de.mo.a.t.ta.no]

怎麼了？笑嘻嘻的，發生了什麼好事嗎？

どうしたの？＊ニコニコして。なにかいいことでもあったの？

do.o.shi.ta.no? ni.ko.ni.ko.shi.te。na.ni.ka.i.i.ko.to.de.mo.a.t.ta.no

你知道嗎？我男友終於跟我求婚了！

わかる？＊とうとう彼（かれ）に＊プロポーズされたのよ！

wa.ka.ru? to.o.to.o.ka.re.ni.pu.ro.po.o.zu.sa.re.ta.no.yo

＊**ニコニコ**：笑嘻嘻的樣子。副詞，擬聲擬態語。

＊**とうとう**：終於、總算。副詞。

＊**プロポーズされる**：被求婚。プロポーズ（proposal）する（求婚）

●●●●

你心情很好喔！ 041

▶ ご機嫌(きげん)だね [go.ki.ge.n.da.ne]

你心情很好喔！

＊ずいぶん＊ご機嫌(きげん)だね。

zu.i.bu.n.go.ki.ge.n.da.ne

因為下禮拜要去歐洲旅行呀！

来週(らいしゅう)から＊ヨーロッパ旅行(りょこう)なんだ！

ra.i.shu.u.ka.ra.yo.o.ro.p.pa.ryo.ko.o.na.n.da

＊ずいぶん：很。

＊ご機嫌(きげん)：你的心情。機嫌(きげん)是心情的意思。跟人問好時常說ご機嫌(きげん)よう（你好嗎？）

＊ヨーロッパ(Europe)：歐洲。

●●●●

好事成雙 042

▶ いいことが重(かさ)なる [i.i.ko.to.ga.ka.sa.na.ru]

我女兒的婚事底定、兒子也找到了工作，真是太好了。

＊娘(むすめ)の結婚(けっこん)が決(き)まって、＊息子(むすこ)は就職(しゅうしょく)が＊決(き)まって、よかったよかった。

mu.su.me.no.ke.k.ko.n.ga.ki.ma.t.te、mu.su.ko.wa.shu.u.sho.ku.ga.ki.ma.t.te、yo.ka.t.ta.yo.ka.t.ta

這個月真是好事成雙啊！

今月(こんげつ)はいいことが＊重(かさ)なりますね。

ko.n.ge.tsu.wa.i.i.ko.to.ga.ka.sa.na.ri.ma.su.ne

＊娘(むすめ)：（我）女兒。　＊息子(むすこ)：（我）兒子。　＊決(き)まる：確定。

＊重(かさ)なる：重疊、接踵而來。

注意　特別注意今月(こんげつ)中漢字「月」的唸法，「月(げつ)」只有在前面是數字時唸「月(がつ)」，其餘都唸「月(げつ)」喔！

GOOD!
がんばって
次へ

第2章

シャッ

シャッ

誇獎

本篇收錄5個單元。在日常生活中與人相處時，不吝開口誇獎對方也是增進彼此情誼的好方法喔！另外，回應別人對自己的稱讚也是門藝術呢！翻開本篇就可以知道哇！原來這句日語這麼說！

♪ 02-01

好厲害！做得很棒！

很好！ 043

▶ いい [i.i]

嗯，很好，真的很棒！ うん、いいね！これはいい！
u.n、i.i.ne! ko.re.wa.i.i

謝謝你的誇獎。 ▸おほめいただいて、ありがとうございます。
o.ho.me.i.ta.da.i.te、a.ri.ga.to.o.go.za.i.ma.su

太棒了！ 044

▶ すばらしい！ [su.ba.ra.shi.i]

這真是太棒了！ これはすばらしい！
ko.re.wa.su.ba.ra.shi.i

沒有，您過獎了。 いえ、▸それほどでもありません。
i.e、so.re.ho.do.de.mo.a.ri.ma.se.n

好厲害！①

045

▶ すごい！ [su.go.i]

這全部都你一個人做的嗎？ 好厲害！

これ、全部一人で作ったの？すごーい！

ko.re、ze.n.bu.hi.to.ri.de.tsu.ku.t.ta.no? su.go.o.i

嗯，沒什麼啦～

いやー、たいしたことないよ。

i.ya.a、ta.i.shi.ta.ko.to.na.i.yo

句型分析

- おほめいただいて：得到您對我的誇獎。
- それほどでもありません：自謙語。表示自己還沒有到那個程度、沒有那麼好的謙讓用法。在日本受人稱讚時的常用句型。
- たいしたことないよ：沒什麼啦。

好厲害！②

046

▶ うまい！ [u.ma.i]

我從小就學書法。

小(ちい)さい頃(ころ)から書(しょ)を習(なら)ってたんだ。

chi.i.sa.i.ko.ro.ka.ra.sho.o.na.ra.t.te.ta.n.da

好厲害～沒想到你竟然有這項才藝！

うまーい！こんな特技(とくぎ)があったなんて！

u.ma.a.i! ko.n.na.to.ku.gi.ga.a.t.ta.na.n.te

COLUMN

うまい

表示對優秀技術、才能的讚賞時男女通用，但うまい也有表示食物很美味的意思，此時則為男性用語。

做得很好、很會～

047

▶ お上手(じょうず) [o.jo.o.zu]

神田小姐很會唱歌耶。我都聽得入迷了。

神田(かんだ)さん、歌(うた)がお上手(じょうず)ですね。
*聞(き)き惚(ぼ)れました。

ka.n.da.sa.n、u.ta.ga.o.jo.o.zu.de.su.ne。
ki.ki.bo.re.ma.shi.ta

陳先生您真會說話啊～

陳(ちん)さんこそ、人(ひと)をおだてるのがうまいんだから。

chi.n.sa.n.ko.so、hi.to.o.o.da.te.ru.no.ga.
u.ma.i.n.da.ka.ra

*聞(き)き惚(ぼ)れる：聽得入迷。

真不愧是～

048

▶ さすが！ [sa.su.ga]

大家的份我都拿來了。

＊ちゃんとみんなの分（ぶん）ももらってきたよ。

cha.n.to.mi.n.na.no.bu.n.mo.mo.ra.t.te.ki.ta.yo

真不愧是谷口小姐！設想周到啊！

さすが谷口（たにぐち）さん！＊ぬかりないね！

sa.su.ga.ta.ni.gu.chi.sa.n! nu.ka.ri.na.i.ne

＊ちゃんと：確實地、仔細地、周到地。　＊ぬかり：大意、疏忽。

句型分析

● **名詞＋こそ**：…才是。強調用法。

例句：**こちらこそ**よろしく。（我才要請您多多指教）

私（わたし）こそすみませんでした。（我才是對不起呢！）

● **人（ひと）をおだてる**：誇獎人

日本第一！ 049

▶ 日本一！ [ni.p.po.n.i.chi]

恭喜榮獲「日本第一」！ いよっ、日本一！おめでとう！
i.yo、ni.p.po.n.i.chi.! o.me.de.to.o

感謝！ ありがとうございます。
a.ri.ga.to.o.go.za.i.ma.su

日本一
常用唸法是「にっぽんいち」，比較少人説「にほんいち」喔！

很厲害耶、做得很好 050

▶ やるじゃない！ [ya.ru.ja.na.i]

做得很棒耶！沒想到這麼快就完成了。 やるじゃない！こんなに早く＊仕上げるとはね。
ya.ru.ja.na.i! ko.n.na.ni.ha.ya.ku.shi.a.ge.ru.to.wa.ne

＊仕上げる：完成。
例如：化粧を仕上げる。（化完妝。）

很厲害耶～、另眼相看 051

▶ 見直(みなお)した [mi.na.o.shi.ta]

哇～原來你的手這麼巧！完全對你另眼相看！

へー、こんなに*手先(てさき)が*器用(きよう)だったんだ。*すっかり*見直(みなお)したよ！

he.e、ko.n.na.ni.te.sa.ki.ga.ki.yo.o.da.t.ta.n.da。su.k.ka.ri.mi.na.o.shi.ta.yo

人總要有些長處嘛！

人間(にんげん)、ひとつくらい*取(と)り柄(え)が▸ないとね。

ni.n.ge.n、hi.to.tsu.ku.ra.i.to.ri.e.ga.na.i.to.ne

*手先(てさき)：手指。在此指手的靈巧度。
*器用(きよう)：靈巧、厲害。
*すっかり：完全。副詞。
*見直(みなお)す：改觀。直(なお)す也可與其他的動詞搭配使用。
例如：書(か)く＋直(なお)す＝書(か)き直(なお)す（重寫）　やる＋直(なお)す＝やり直(なお)す（重做）
*取(と)り柄(え)：長處。

句型分析

- **やるじゃない**：做得好！やるね、やったね、やりましたね、やるじゃん也很常用喔！
- **ないとね**：沒有的話是不行的。ないといけない的縮寫，口語中很常將「と」後面省略。

非常厲害！ 052

▶ 上出来（じょうでき） [jo.o.de.ki]

我的中文還不行。

私（わたし）の中国語（ちゅうごくご）は、*まだまだです。

wa.ta.shi.no.chu.u.go.ku.go.wa、ma.da.ma.da.de.su

才學半年就有這種程度，已經非常厲害了。

たった半年（はんとし）でこれだけ*しゃべれるとは、*上出来（じょうでき）ですよ！

ta.t.ta.ha.n.to.shi.de.ko.re.da.ke.sha.be.re.ru.to.wa、jo.o.de.ki.de.su.yo

＊まだまだ：まだ是尚未、還沒的意思，まだまだ在此為強調自己能力尚不足的自謙語。

＊しゃべれる：しゃべる是「説」的意思，而しゃべれる則是「會説」的意思。

＊上出来（じょうでき）：很好、很棒。「上（じょう）」是表示很好、很棒的正面意義，例如：上機嫌（じょうきげん）（心情很好）。

好精彩！ 053

▶ お見事（みごと）！ [o.mi.go.to]

好精彩！應該説，這舞跳得太完美了！

お見事（みごと）！いやー、すばらしい*踊（おど）りでしたよ！

o.mi.go.to!i.ya.a、su.ba.ra.shi.i.o.do.ri.de.shi.ta.yo

＊踊（おど）り：舞蹈。

繼續加油！ 054

▶ その調子(ちょうし)！ [so.no.cho.o.shi]

很棒，繼續加油喔！ いいよ、その＊調子(ちょうし)！

i.i.yo、so.no.cho.o.shi

＊調子(ちょうし)：狀態、身體狀況。調子(ちょうし)が崩(くず)れる。（身體、狀況變糟）

專指身體不舒服的還有体調(たいちょう)が崩(くず)れる的用法。

想學也學不來！ 055

▶ とても真似(まね)できない [to.te.mo.ma.ne.de.ki.na.i]

她為了大家，以犧牲奉獻的精神工作。 彼女(かのじょ)はみんな▸のために本当(ほんとう)に＊献身的(けんしんてき)に＊働(はたら)くよね。

ka.no.jo.wa.mi.n.na.no.ta.me.ni.ho.n.to.o.ni.
ke.n. shi.n.te.ki.ni.ha.ta.ra.ku.yo.ne

我真是想學也學不來！ 私(わたし)には▸とても＊真似(まね)できない！

wa.ta.shi.ni.wa.to.te.mo.ma.ne.de.ki.na.i

＊献身的(けんしんてき)に：為了某目的、事情犧牲奉獻。 ＊働(はたら)く：工作。 ＊真似(まね)：模仿。

句型分析

- のために：為了～
- とても～ない：實在無法～

好得沒話說！ 056

▶文句（もんく）なし [mo.n.ku.na.shi]

我剛剛演得如何？

どうでしょう、今（いま）の演技（えんぎ）。

do.o.de.sho.o、i.ma.no.e.n.gi

好得沒話說！

*文句（もんく）なしの*出来映（できば）えでしたね！

mo.n.ku.na.shi.no.de.ki.ba.e.de.shi.ta.ne

＊文句（もんく）：抱怨、怨言。

＊出来映（できば）え：成果。

無話可說，很棒！ 057

▶言（い）うことなし [i.u.ko.to.na.shi]

老師，請您看一下我的作品！

先生（せんせい）、私（わたし）の作品（さくひん）を見（み）てください。

se.n.se.i、wa.ta.shi.no.sa.ku.hi.n.o.mi.te.ku.da.sa.i

嗯，能做到這種程度，已經沒什麼好挑剔的了！

うん、ここまでできれば、もう言（い）うことなし！

u.n、ko.ko.ma.de.de.ki.re.ba、mo.o.i.u.ko.to.na.shi

做得很好！ 058

▶よくできた [yo.ku.de.ki.ta]

今天大家都做得很好！

みなさん、今日(きょう)はよくできました！

mi.na.sa.n、kyo.o.wa.yo.ku.de.ki.ma.shi.ta

真難得被老師誇獎，老師是不是發生了什麼好事啊？

先生(せんせい)がほめてくれるなんて、*めずらしい。何(なに)かいいことあったのかな？

se.n.se.i.ga.ho.me.te.ku.re.ru.na.n.te、me.zu.ra.shi.i。na.ni.ka.i.i.ko.to.a.t.ta.no.ka.na

*めずらしい：稀奇、罕見。

句型分析

● **ここまで**：到這樣、到這邊、到現在。

● **動詞て型＋くれる**：為固定句型，表示收到、領受、接受的意思。

已經很努力了！

059

▶ よくがんばった [yo.ku.ga.n.ba.t.ta]

即使中途出了點意外，你還是撐過來了呢！

途中（とちゅう）*アクシデント▸にもかかわらず、よくがんばりましたね！

to.chu.u.a.ku.shi.de.n.to.ni.mo.ka.ka.wa.ra.zu、yo.ku.ga.n.ba.ri.ma.shi.ta.ne

因為我和太太約定好，不管怎樣一定要跑完全程！

何（なに）があっても*完走（かんそう）すると、妻（つま）と約束（やくそく）してましたから。

na.ni.ga.a.t.te.mo.ka.n.so.o.su.ru.to、tsu.ma.to.ya.ku.so.ku.shi.te.ma.shi.ta.ka.ra

*アクシデント（accident）：意外。

*完走（かんそう）：跑完全程

補充：日語中的「完（かん）」有完整、完成之意。

例如：完済（かんさい）（還完錢）

完璧（かんぺき）（完美）

注意 在此因為對方已經完成任務了，所以用過去式「がんばった」，而不是用現在式「がんばって」。

竟然能～

060

▶ よく～した [yo.ku ～ shi.ta]

才半年，你的日語竟然學得這麼好！

*たった半年(はんとし)で、よくそれだけの日本語(にほんご)をマスターしたね！

ta.t.ta.ha.n.to.shi.de、yo.ku.so.re.da.ke.no.ni.ho.n.go.o.ma.su.ta.a.shi.ta.ne

大概因為交了日本女友的關係喔。

日本人(にほんじん)の彼女(かのじょ)ができたからかな。

ni.ho.n.ji.n.no.ka.no.jo.ga.de.ki.ta.ka.ra.ka.na

*たった：只有。強調程度、量很少。

句型分析

- にもかかわらず：即使…還是…。
- ～をマスターする：很專精於～
- 彼氏(かれし) / 彼女(かのじょ)ができた：交了男 / 女朋友。
- かな：不知道是不是、大概是…的推測語氣，日常生活用語，較少在正式場合使用。

♪ 02-02

好吃！

好吃！① 061

▶ おいしい！ [o.i.shi.i]

好好吃喔！香奈子小姐很會做菜耶。

おいしい！香奈子（かなこ）さんって、料理上手（りょうりじょうず）なんだね。

o.i.shi.i!ka.na.ko.sa.n.t.te、ryo.o.ri.jo.o.zu.na.n.da.ne

你過獎了。

それほどでもないよ。

so.re.ho.do.de.mo.na.i.yo

好吃！② 062

▶ うまい！ [u.ma.i]

這個真好吃！

これはうまい！

ko.re.wa.u.ma.i

能讓你吃得這麼開心，我也很高興。

よろこんでもらえて、うれしいな。

yo.ro.ko.n.de.mo.ra.e.te、u.re.shi.i.na

注意 うまい：好吃。主要為男性用語。

●●●●

不錯！ 063

▶ いける [i.ke.ru]

這酒不錯。

これは*なかなかいける！

ko.re.wa.na.ka.na.ka.i.ke.ru

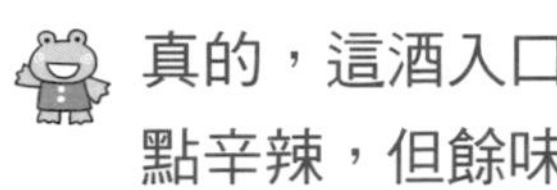

真的，這酒入口時有點辛辣，但餘味很清爽。

*ほんとだ、*辛口(からくち)で*後味(あとあじ)*スッキリした酒(さけ)だね！

ho.n.to.da、ka.ra.ku.chi.de.a.to.a.ji.su.k.ki.ri.shi.ta.sa.ke.da.ne

＊**なかなか**：很。なかなか後面若接否定，則表示「很難…」的意思。

例如：バスがなかなか来(こ)ない（公車好難等都不來。）

＊**辛口(からくち)**：口感辛辣。

＊**後味(あとあじ)**：餘味。

＊**スッキリ**：清爽、乾脆，也可以用來形容豁然開朗的那種心情。

句型分析

● **～なんだ**：接在な形容詞之後（例如：きれいなんだ、静(しず)かなんだ、嫌(いや)なんだ），意思等同於「です」，為日常生活用語，正式場合應用です或なんです。

● **動詞て型＋もらう**：收到、領受、接受的意思。もらえる（能得到）

♪ 02-03

令人滿意

令人滿意

064

▶ よく出来(でき)た～ [yo.ku.de.ki.ta]

人長得美，個性溫柔，又會做菜，真是位無可挑剔的太太啊！

美人(びじん)でやさしくて料理(りょうり)もうまくて、よく出来(でき)た奥(おく)さまですね。

bi.ji.n.de.ya.sa.shi.ku.te.ryo.o.ri.mo.u.ma.ku.te、yo.ku.de.ki.ta.o.ku.sa.ma.de.su.ne

嗯，是啊。♡

うん、*まあね♡

u.n、ma.a.ne

＊まあね：含蓄地表示是呀、算是吧！的語感。

奥(おく)さま

尊稱對方的太太。對別人稱呼自己的老婆為妻(つま)、奥(おく)さん、うちの奥(おく)さん；老一輩的人會說女房(にょうぼう)。

另外，日本女性稱自己的丈夫為主人(しゅじん)、旦那(だんな)、夫(おっと)；稱呼對方的丈夫為ご主人(しゅじん)。

十分滿意 065

▶ 大満足（だいまんぞく） [da.i.ma.n.zo.ku]

您覺得本旅館如何呢？

＊当（とう）ホテルはいかがでしたか？

to.o.ho.te.ru.wa.i.ka.ga.de.shi.ta.ka

溫泉很棒、料理也很美味，非常滿意！

温泉（おんせん）もよかった▸し、料理（りょうり）もおいしかった▸し、大満足（だいまんぞく）です！

o.n.se.n.mo.yo.ka.t.ta.shi、ryo.o.ri.mo.o.i.shi.ka.t.ta.shi、da.i.ma.n.zo.ku.de.su

＊当（とう）～：本～。当社（とうしゃ）（本公司）、当店（とうてん）（本店）。

很棒！ 066

▶ グー！ [gu.u]

這個怎麼樣？

これ、どう？

ko.re、do.o

很棒啊！非常好！

＊グーだよ、グー！

gu.u.da.yo、gu.u

＊グー（good）：很好。

句型分析

● ～し、～し：也～、也～。用於描述一件事物同時擁有兩種以上的特質時。

有意思的、不錯的　067

▶ おもしろい [o.mo.shi.ro.i]

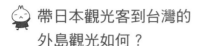

帶日本觀光客到台灣的外島觀光如何？

日本人＊観光客に、台湾の＊小島を＊案内するのはどうでしょう？

ni.ho.n.ji.n.ka.n.ko.o.kya.ku.ni、ta.i.wa.n.no.ko.ji.ma.o.a.n.na.i.su.ru.no.wa.do.o.de.sho.o

這個主意真不錯耶！

それはなかなかおもしろい＊アイデアですね！

so.re.wa.na.ka.na.ka.o.mo.shi.ro.i.a.i.de.a.de.su.ne

＊観光客（かんこうきゃく）：觀光客。
＊案内（あんない）：介紹、導覽。
＊小島（こじま）：小島。
＊アイデア（idea）：主意、提議。

受人歡迎的、引人發笑的 068

▶ ウケる [u.ke.ru]

哈哈哈！剛剛那個真好笑！

ハハハ、その話（はなし）＊ウケる▸ん▸ですけど～。

ha.ha.ha、so.no.ha.na.shi.u.ke.ru.n.de.su.ke.do

真的，無敵好笑的！

ほんと、めちゃウケだよね！

ho.n.to、me.cha.u.ke.da.yo.ne

＊ウケる：很好笑、很有趣。

COLUMN

めちゃ

超～、很～。是由**滅茶苦茶**（めちゃくちゃ）（亂七八糟）一詞而來，也會寫成**めっちゃ**，日本關西地區的人比較常講。

句型分析

- **んです**：說話者對於看到或聽到的事，向交談的對象詢問理由或原因、說明事情原由、尋求認同時，帶點強調意味的語感。
- **ですけど**：①認同前面所述，但是～②無意義，放在句末當語助詞。在此為②的意思。

♪ 02-04

很高級

專家、行家 069

▶ 通（つう）[tsu.u]

白酒的話，最近智利產的白酒評價也很好喔。

＊白（しろ）ワインなら最近（さいきん）＊チリ産（さん）の物（もの）も＊評価（ひょうか）が高（たか）いよ。

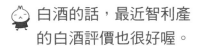

shi.ro.wa.i.n.na.ra.sa.i.ki.n.chi.ri.sa.n.no.mo.no.mo.hyo.o.ka.ga.ta.ka.i.yo

渡邊先生您真是行家。

渡辺（わたなべ）さん、なかなか＊通（つう）ですね。

wa.ta.na.be.sa.n、na.ka.na.ka.tsu.u.de.su.ne

＊白（しろ）ワイン（wine）：白酒。赤（あか）ワイン（wine）（紅酒）
＊評価（ひょうか）：評價。
＊チリ（Chile）：智利。
＊通（つう）：專家、內行人。

雅緻 070

▶ 渋（しぶ）い [shi.bu.i]

這個皮包的設計很雅緻耶！

この鞄（かばん）、渋（しぶ）い＊デザインだなー！

ko.no.ka.ba.n、shi.bu.i.de.za.i.n.da.na.a

＊デザイン（design）：設計。

補充：デザイナー（designer）（設計師）

COLUMN

渋い（しぶい）

原本是苦苦的、澀澀的的意思，但也很常用來誇獎與形容莊嚴高貴、洗練的事物。

瀟灑、洗練、漂亮 071

▶ 粋（いき）［i.ki］

今天決定穿和服出去。

今日（きょう）は＊着物（きもの）で決（き）め▶てみた。

kyo.o.wa.ki.mo.no.de.ki.me.te.mi.ta

哇～很漂亮耶！

おっ！＊粋（いき）だね！

o! i.ki.da.ne

＊着物（きもの）：和服。

＊粋（いき）：漂亮、瀟灑、氣質不俗。

句型分析

● ～てみる：做～試試看。

♪ 02-05

令人著迷的

令人著迷 072

▶ ほれぼれする [ho.re.bo.re.su.ru]

進了大學之後，遇到了令我神魂顛倒的帥哥呢！

大学（だいがく）に入（はい）ったら、ほれぼれするようないい男（おとこ）がいたのよ。

da.i.ga.ku.ni.ha.i.t.ta.ra、ho.re.bo.re.su.ru.yo.o.na.i.i.o.to.ko.ga.i.ta.no.yo

難道…那帥哥就是現在的老爸？

▸まさか、それが今（いま）のお父（とう）さん？

ma.sa.ka、so.re.ga.i.ma.no.o.to.o.sa.n

COLUMN

ほれぼれ

除了用來形容人，也很常用在形容別的事物上。例如：

ほれぼれするような出来栄え（できばえ）（令人為之讚嘆的作品）

ほれぼれするような歌声（うたごえ）（令人神魂顛倒的歌聲）

漂亮的 073

▶ すてき [su.te.ki]

這件洋裝您覺得如何？

こちらの*ワンピースなどいかがでしょう？

ko.chi.ra.no.wa.n.pi.i.su.na.do.i.ka.ga.de.sho.o

好漂亮！我一眼就喜歡上了，就決定買這件。

すてき！＊一目惚れしちゃった。買わせていただくわ。

su.te.ki! hi.to.me.bo.re.shi.cha.t.ta。ka.wa.se.te.i.ta.da.ku.wa

＊ワンピース（one-piece）：洋裝。

＊一目惚れ（ひとめぼれ）：一見鍾情。（可用在人與事物上）

帥氣的　074

▶ かっこいい [ka.k.ko.i.i]

剛剛那個人，是美佳的哥哥嗎？好帥呀～

今（いま）の人（ひと）、美佳（みか）のお兄（にい）さん？かっこい～い！

i.ma.no.hi.to、mi.ka.no.o.ni.i.sa.n? ka.k.ko.i ～ i

咦～？有嗎？

え～？そうかなあ？

e ～？ so.o.ka.na.a

今（いま）

依前後文的不同今可表示現在、現在馬上或是剛剛等，離現在較近的時間點，在此則是表示「剛剛」的意思。

かっこいい

指外型、行為很帥氣。是「格好（かっこう）いい」變化而來。

句型分析

- **まさか**：不會吧，表達出乎意料之意。
- **買（か）わせていただく**：就決定買這個了。在此意思是這件洋裝非常漂亮，「讓」人一下子就決定買了下來。

超棒的！ 075

▶ 超(ちょう)いい！ [cho.o.i.i]

這在哪買的？超好看的！

これどこで買(か)ったの？超(ちょう)いい！

ko.re.do.ko.de.ka.t.ta.no?cho.o.i.i

嘿嘿～超可愛的吧！

えへへ、超(ちょう)かわいい▸でしょ？

e.he.he、cho.o.ka.wa.i.i.de.sho

注意 超(ちょう)常夾帶在話語中，
這個字的使用者主要以年輕人為主。

帥氣的、好看的 076

▶ イケてる [i.ke.te.ru]

那家店的店員都很帥耶！難道是傳說中的「帥哥軍團」？

あの店(みせ)の店員(てんいん)、みんな*結構(けっこう)*イケてるよね。*イケメン*揃(ぞろ)いってやつ？

a.no.mi.se.no.te.n.i.n、mi.n.na.ke.k.ko.o.i.ke.te.ru.yo.ne。i.ke.me.n.zo.ro.i.t.te.ya.tsu

聽說這家店全都用臉來挑員工。

顔(かお)で*採用(さいよう)してるってうわさだよ。

ka.o.de.sa.i.yo.o.shi.te.ru.t.te.u.wa.sa.da.yo

＊結構：很…

＊イケてる：很帥、（能力）很行。

例句：お酒は結構イケてる（很能喝酒）。

＊イケメン：帥哥。イケ＝いける，吃得開。メン＝男人。

＊揃い：聚集、齊聚。也可指（商品、成員）齊全。（用法：名詞＋ぞろい）

＊採用：任用。

太犯規了、太超過了 077

▶ ヤバい [ya.ba.i]

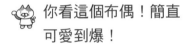

你看這個布偶！簡直可愛到爆！

なにこの＊ぬいぐるみ！
激カワでヤバいんですけど！

na.ni.ko.no.nu.i.gu.ru.mi!
ge.ki.ka.wa.de.ya.ba.i.n.de.su.ke.do

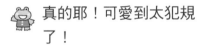

真的耶！可愛到太犯規了！

ホントだー、ヤバすぎ！

ho.n.to.da.a、ya.ba.su.gi

＊ぬいぐるみ：布偶。

ヤバい

原本是危險的意思，但近來在年輕人間較常將「ヤバい」作正面意思使用。

句型分析

● でしょ：～吧？！でしょう的口語說法，常用於大概已知道對方會同意自己的意見時。

● 激カワ：激カワイイ的縮寫，超可愛的意思。

● ～すぎ：太～。例如：太すぎ（太胖了）

がんばって
GOOD!
次へ

本篇收錄20個單元，網羅日劇與漫畫中常出現的流行語，很多在學校、教科書上學不到但是卻常聽到的「危險用語」你又知道多少呢？本篇收錄的用語中有些較沒禮貌、語氣也較重，讀者與日本朋友接觸時，切記不要輕易使用，請當作有趣的小知識，了解即可。

♪ 03-01

搞什麼！

喂！ 078

▶ こら！ [ko.ra]

 喂！你們幾個、在那裡搞什麼？

こら！君(きみ)たち、そこで何(なに)をしてるの？
ko.ra! ki.mi.ta.chi、so.ko.de.na.ni.o.shi.te.ru.no

 慘了！老師來了！

ヤバい！先生だ
ya.ba.i! se.n.se.i.da

こら：喂！

源自日本古代薩摩藩屬的方言，是薩摩地方官在對人民說話時，引起人民注意的一個呼告聲音。**これは＝こら**，現在變成標準語廣泛地被使用。

君(きみ)：你。

男性用語。有上對下的語感，因此不能對長輩、上司使用，只用在親近的友人之間。

我要生氣了！ 079

▶ 怒(おこ)るよ！ [o.ko.ru.yo]

再不乖一點的話，媽媽要生氣了！

＊いい加減(かげん)にしないと、お母(かあ)さん怒(おこ)るよ！
i.i.ka.ge.n.ni.shi.na.i.to、o.ka.a.sa.n.o.ko.ru.yo

＊いい加減(かげん)：①剛好的程度、範圍 ②不徹底、不負責任、沒有根據 ③很～。在此為①的意思。

丟臉！ 080

▶ なさけない！ [na.sa.ke.na.i]

這是之前的考卷。

これ、この前(まえ)の＊テスト。
ko.re、ko.no.ma.e.no.te.su.to

25 分…媽媽感到真丟臉！

２５(にじゅうご)＊点(てん)・・・！
お母(かあ)さん、＊なさけない！
ni.ju.u.go.te.n…!
o.ka.a.sa.n、na.sa.ke.na.i

＊テスト(test)：考試。　＊点(てん)：分數。　＊なさけない：丟臉。

● ● ● ●

不像話！ 081

▶ けしからん！ [ke.shi.ka.ra.n]

擅自闖入別人的庭院，太不像話了！

人の庭に＊勝手に入る＊なんて、けしからん！

hi.to.no.ni.wa.ni.ka.t.te.ni.ha.i.ru.na.n.te、ke.shi.ka.ra.n

＊勝手：隨意、任性，想怎麼樣就怎麼樣。

＊なんて

①用在別人、別的事物上表示輕視、用在自己身上表示自謙之意。

例句：こういう仕事、私なんてできないですよ。（這種工作我哪做得來呀。）

②表示驚訝的語氣。

例句：なんて素晴らしい景色だ。（多麼美麗的風景啊！）

③發現自己失言時，趕快表達自己「是開玩笑的啦！」

例句：こんなまずい料理誰かが作ったの？…いや、なんてね。（這麼難吃的東西是誰做的啊？…嗯、我開玩笑的啦！）

④表示疑問：

例句：あなたの彼氏なんていう名前？（你男朋友叫什麼名字？）

注意 けしからん：不像話。

是歐吉桑生氣時的用語，一般年輕人不太會這麼說，但在卡通、日劇中還是滿常見的喔！

不像話劇場
——打哈哈篇
以下行為
好孩子請勿模仿
なによ
このひどい点数は！
考這什麼爛分數啊！
お母さん、
なさけない！
媽媽都覺得
好丟臉！
25
恥ずかしくて
同級生のお母さんたちと
顔を合わせられないよ！
丟臉到我都沒臉見你
同學的媽媽了！
サッ
唰！
鏡？
あまり怒ると
眉間の皺と
口元のほうれい線が
深くなるよ
太愛生氣的話眉頭
會長皺紋、法令紋
也會變深喔！
ぐっ…
こういう余計な知識
だけはあるんだから…
就只知道這些五四三…

♪ 03-02

真令人火大！

令人火大！ 082

▶ **むかつく！** [mu.ka.tsu.ku]

那個店員真令人火大！　あの店員(てんいん)、むかつく！
a.no.te.n.i.n、mu.ka.tsu.ku

注意：むかつく：生氣。
むかつく表示很生氣的樣子，但也有描述身體很不舒服好像快要吐了的樣子，可由前後文判斷是哪個意思。

令人火冒三丈！ 083

▶ **頭(あたま)に来(く)る！** [a.ta.ma.ni.ku.ru]

什麼態度嘛！真令人火冒三丈！　何(なに)あの態度(たいど)！頭(あたま)に来(く)る！
na.ni.a.no.ta.i.do! a.ta.ma.ni.ku.ru

注意：頭(あたま)に来(く)る：是表達生氣的固定用法。

實在是太可惡了！ 084

▶ 腹立（はらだ）たしい [ha.ra.da.ta.shi.i]

那個壞課長，實在是太可惡了！

あのダメ課長（かちょう）、*腹立（はらだ）たしい▸ったらないよ！

a.no.da.me.ka.cho.o、ha.ra.da.ta.shi.i.t.ta.ra.na.i.yo

我說過了嘛，他只是喝多了！

だからって、*飲（の）み過（す）ぎだよ。

da.ka.ra.t.te、no.mi.su.gi.da.yo

＊腹立（はらだ）たしい：令人生氣。

＊飲（の）み過（す）ぎ：喝太多了。

補充：過（す）ぎ常接在動詞、形容詞、形容動詞後面，表示太～了。

例如：笑（わら）いすぎ（笑得太過頭了）

真面目（まじめ）すぎ（太認真了）

COLUMN

ダメ

①不行的、爛的②無能。在此為①壞的意思。日文中常把だめ加上各種名詞，表示負面的意義。

例如：だめ男（おとこ）（無能的男人、壞男人）

句型分析

● ～ったらない：強調用法，表示沒有比～程度更甚的了。

滿肚子火 085

▶ 腹(はら)が立(た)つ！、腹立(はらだ)つ！ [ha.ra.ga.ta.tsu 、ha.ra.da.tsu]

啊～真讓人生氣！小孩一點也不聽話。

あー*もう、▸腹(はら)が立(た)つ！子(こ)どもが▸ちっとも言(い)うことを聞(き)かない！

a.a.mo.o、ha.ra.ga.ta.tsu! ko.do.mo.ga. chi.t.to.mo. i.u.ko.to.o.ki.ka.na.i

小心生太多氣眉頭會長皺紋喔！

*あんまり怒(おこ)ると、*眉間(みけん)に*シワが増(ふ)えるよ。

a.n.ma.ri.o.ko.ru.to、mi.ke.n.ni.shi.wa.ga.fu.e.ru.yo

＊もう：語助詞，生氣、不耐煩時一開口常會說もう然後開始抱怨，相當於我們常說的「齁！」。

＊あんまり：太過、太。　　＊眉間(みけん)：眉頭、眉間。

＊シワ：皺紋，一般會寫シワ或しわ，而不寫漢字「皺(しわ)」。

句型分析

- 腹(はら)が立(た)つ：生氣。表達生氣的固定用法。
- ちっとも：一點都（不）～。ちっとも後面常接否定，表示一點都不～。

例句：ちっともよくない。（一點都不好。）

忍無可忍　086

▶ 我慢ならない [ga.ma.n.na.ra.na.i]

我對那傢伙已經忍無可忍了！

もう*あいつには我慢*ならない！
mo.o.a.i.tsu.ni.wa.ga.ma.n.na.ra.na.i

你就找時間狠狠地說他幾句嘛！

一度*ガツンと言ってやれば？
i.chi.do.ga.tsu.n.to.i.t.te.ya.re.ba

*あいつ：那傢伙。上對下的口吻。
*ならない：無法～
*ガツン：衝突性地、強烈地。

快受不了了！　087

▶ 堪忍袋の緒が切れる

坐在隔壁的歐巴桑好聒噪！

隣の座席のおばさんたち、
*やかましいね。
to.na.ri.no.za.se.ki.no.o.ba.sa.n.ta.chi、
ya.ka.ma.shi.i.ne

我快要受不了了！

もう*堪忍袋の*緒が*切れ*そう！
mo.o.ka.n.ni.n.bu.ku.ro.no.o.ga.ki.re.so.o

*やかましい：聒噪、吵雜。
*堪忍袋：容忍的限度。
*緒：線、繩子。
*切れる：①不斷成受壓力，最後斷掉②產生裂縫。在此為①的意思。
*～そう：～的樣子。文中並未將其刻意翻譯出來。

大暴走 088

▶ ぶち切れる [bu.chi.ki.re.ru]

昨天我媽突然大爆走，命令我整理房間。

昨日うちのお母さんが部屋を片付けろってぶち切れちゃって。

ki.no.o.u.chi.no.o.ka.a.sa.n.ga.he.ya.o.ka.ta.zu.ke.ro.t.te.bu.chi.ki.re.cha.t.te

這在我家是家常便飯啊！

うちなんか*しょっちゅうだよ。

u.chi.na.n.ka.sho.c.chu.u.da.yo

＊ぶち切れる：突然發怒。ぶち是忍耐的限度已達極限的擬聲詞。

＊片付ける：收拾。　　＊しょっちゅう：經常，副詞。

突然抓狂、失控 089

▶ キレる [ki.re.ru]

現在的年輕人真容易突然抓狂。

最近の*若者はすぐ*キレる。

sa.i.ki.n.no.wa.ka.mo.no.wa.su.gu.ki.re.ru

容易失控的大人也很多啊。

大人にも*結構キレる人いるよ。

o.to.na.ni.mo.ke.k.ko.ki.re.ru.hi.to.i.ru.yo

＊若者：年輕人。　　＊キレる：突然抓狂。

＊結構：①很（多）、程度很高②夠了、不用了。在此為①的意思。

抓狂、暴怒

090

▶ マジギレ [ma.ji.gi.re]

田中老師突然爆怒，嚇死我了！

田中先生がマジギレして怖かったよ。

ta.na.ka.se.n.se.i.ga.ma.ji.gi.re.shi.te.ko.wa.ka.t.ta.yo

是嗎？那個平常溫和善良的老師會這麼抓狂還真是少見耶～

へー、あの*温厚な先生がめずらしい。

he.e、a.no.o.n.ko.o.na.se.n.se.i.ga.me.zu.ra.shi.i

＊温厚な：溫和敦厚的。

COLUMN

キレる、マジギレする

最近年輕人喜歡用的流行語，是從「堪忍袋の緒が切れる」這句話變來的。

♪ 03-03

真是夠了！

ご迷惑お掛けして
誠に
申し訳ありません
造成您的困擾真的很抱歉

いえ、決して
わざと不良品を
販売しようとした
わけではございません
不、
我們絕對不是故意
販賣瑕疵品的

ただ今
責任者が
不在でして…
現在負責人不在…

句型分析

- **しております**：**しています**的敬語。
- **ように**：如～、像～這樣。在此為「如上述」之意。
- **あなたじゃ**：**あなたでは**的口語。
- **どうしても**：非～不可、無論如何。
- **どうせ**：反正。
- **なくちゃならない**：非得～。なくてはならない的口語。
- **より**：比較起來更～

  例句：**これよりあれが好**(す)**きです**。（比起這個我更喜歡那個。）

夠了！ 091

▶ もうイイ！ [mo.o.i.i]

所以就如我所說明的…

ですからこうして説明(せつめい)しております

ように・・・。

de.su.ka.ra.ko.o.shi.te.se.tsu.me.i.shi.te.o.ri.ma.su.yo.o.ni

夠了！跟你沒什麼好說的！叫負責人出來！

もういい！あなたじゃ話(はなし)にならない！責任者(せきにんしゃ)を出(だ)しなさい！

mo.o.i.i! a.na.ta.ja.ha.na.shi.ni.na.ra.na.i!se.ki.ni.n.sha.o.da.shi.na.sa.i

受夠了！ 092

▶ もうたくさん！ [mo.o.ta.ku.sa.n]

那天真的是因為我有隔天必須完成的工作…

あの日(ひ)はどうしても翌日(よくじつ)に間(ま)に合(あ)わせなくちゃならない仕事(しごと)が・・・

a.no.hi.wa.do.o.shi.te.mo.yo.ku.ji.tsu.ni.ma.ni.a.wa.se.na.ku.cha.na.ra.na.i.shi.go.to.ga

你的理由我已經受夠了！反正在你眼中工作比我還重要！

言(い)い訳(わけ)はもうたくさん！どうせあなたは私(わたし)より仕事(しごと)の方(ほう)が大事(だいじ)なのよ。

i.i.wa.ke.wa.mo.o.ta.ku.sa.n! do.o.se.a.na.ta.wa.wa.ta.shi.yo.ri.shi.go.to.no.ho.o.ga.da.i.ji.na.no.yo

你根本不懂！ 093

▶ 何(なに)がわかるの？ [na.ni.ga.wa.ka.ru.no]

你照我說的做就對了。

あなたは私(わたし)の言(い)う▸とおりにすれ▸ばいいの。

a.na.ta.wa.wa.ta.shi.no.i.u.to.o.ri.ni.su.re.ba.i.i.no

媽媽妳根本一點都不了解我！

お母(かあ)さんに私(わたし)の*一体何(いったいなに)がわかるの？

o.ka.a.sa.n.ni.wa.ta.shi.no.i.t.ta.i.na.ni.ga.wa.ka.ru.no

＊一体(いったい)：到底，副詞。

不可原諒！ 094

▶ 許(ゆる)さない！ [yu.ru.sa.na.i]

對不起，我不會再和她見面了！

ごめん！▸二度(にど)と彼女(かのじょ)とは会(あ)わないから。

go.me.n! ni.do.to.ka.no.jo.to.a.wa.na.i.ka.ra

不可原諒！

*絶対許(ぜったいゆる)さない！

ze.t.ta.i.yu.ru.sa.na.i

＊絶対(ぜったい)：絕對，後面加否定時表示絕對不～的堅持。

我不幹了！

095

▶やってられない！ [ya.t.te.ra.re.na.i]

這種愚蠢的工作我真的做不下去了！我要辭職不幹了！

こんなばかばかしい仕事(しごと)やってられない！もうやめ▸させてもらう。

ko.n.na.ba.ka.ba.ka.shi.i.shi.go.to.ya.t.te.ra.re.na.i! mo.o.ya.me.sa.se.te.mo.ra.u

句型分析

- **とおりに**：像～一樣。

  例如：そのとおり（像那樣）

  下記(かき)のとおり（如下）

- **～ばいい**：做～就可以了。

  例如：座(すわ)ればいい。（坐著就可以了。）

- **二度(にど)と～ない**：再也不～的固定用法。
- **られない**：無法、不能。為(な)られる：可以、做得到的否定形。
- **～させてもらう**：請讓我～。有取得對方認可的語感，並不用刻意將它翻譯出來。

  例句：座(すわ)らせてもらう。（那我坐下了。）

♪ 03-04

你給我小心一點！

給我小心一點 096

▶ 気(き)をつけろ！ [ki.o.tsu.ke.ro]

你給我小心一點！　▸気(き)をつけろ！
ki.o.tsu.ke.ro

啊～好可怕！　お～こわ！
o ～ ko.wa

＊こわ：恐怖、可怕。日語口語中常將形容詞（暑(あつ)い、寒(さむ)い…等）的字尾「い」省略。
例如：暑(あつ)い＝暑(あつ)っ！　寒(さむ)い＝寒(さむ)っ！　痛(いた)い＝痛(いた)っ！

跩得要命 097

▶ いい気(き)になる [i.i.ki.ni.na.ru]

她不過是臉長的好看一點而已，就一副跩樣!　ちょっと顔(かお)がいいからって、＊あの子(こ)いい気(き)になってるよね。
cho.t.to.ka.o.ga.i.i.ka.ra.t.te、a.no.ko.i.i.ki.ni.na.t.te.ru.yo.ne

女人真可怕～　女(おんな)は怖(こわ)いな・・・
o.n.na.wa.ko.wa.i.na

＊あの子(こ)：那個人。長輩也會稱晚輩あの子(こ)（那孩子）使用上沒有男女區別。

請小心一點！ 098

▶ 気(き)をつけてください [ki.o.tsu.ke.te.ku.da.sa.i]

對不起。

すみませんでした。

su.mi.ma.se.n.de.shi.ta

下次要小心一點！差一點就受傷了耶！

今度(こんど)から気(き)をつけてください！もうちょっとでけがするところだったじゃないですか！

ko.n.do.ka.ra.ki.o.tsu.ke.te.ku.da.sa.i! mo.o.cho.t.to.de.ke.ga.su.ru.to.ko.ro.da.t.ta.ja.na.i.de.su.ka

有沒有在看路啊?! 099

▶ どこに目(め)をつけてるの?! [do.ko.ni.me.o.tsu.ke.te.ru.no]

好痛！到底有沒有在看路啊?!

痛(いた)い！一体(いったい)どこに目(め)をつけてるんだ?!

i.ta.i! i.t.ta.i.do.ko.ni.me.o.tsu.ke.te.ru.n.da

對不起，因為在趕時間。

すみません、急(いそ)いでいたもので。

su.mi.ma.se.n、i.so.i.de.i.ta.mo.no.de

句型分析

- 気(き)をつけろ：給我小心一點。気(き)をつける的命令形。
- 気(き)をつけて：小心。
- ～するところ：正在～的時候、就要～的時候。
- 一体(いったい)：到底、究竟。
- 目(め)をつける：注目、看。
- もの：在此為陳述自己行為的句末語助詞，帶點希望對方諒解的語感。

♪ 03-05

沒規矩！

別鬧了！ 100

▶ いい加減(かげん)にしろ！ [i.i.ka.ge.n.ni.shi.ro]

請給我這個！等一下…我不要這個了，我要那個。

あっ、これもください。ちょっと待(ま)って、それやめて、あれにします。

a、ko.re.mo.ku.da.sa.i。cho.t.to.ma.t.te、so.re.ya.me.te、a.re.ni.shi.ma.su

別鬧了！大家還在排隊耶！

いい加減(かげん)▸にしろ！みんな待(ま)ってるん▸だから！

i.i.ka.ge.n.ni.shi.ro!　mi.n.na.ma.t.te.ru.n.da.ka.ra

別瞧不起人！ 101

▶ ばかにするな！ [ba.ka.ni.su.ru.na]

這個你行嗎？

*お前(まえ)にこれができる？

o.ma.e.ni.ko.re.ga.de.ki.ru

少瞧不起人！只要我想做也可以做得到！

ばかにするな！俺(おれ)▸だって▸やればできるん▸だから

ba.ka.ni.su.ru.na!　o.re.da.t.te.ya.re.ba.de.ki.ru.n.da.ka.ra

＊お前(まえ)：你。男性用語，有上對下的語感，只適用於男性平輩、兄弟、親近的友人之間。

把人當傻瓜也要有個限度 102

▶ 人(ひと)をばかにするにもほどがある

[hi.to.o.ba.ka.ni.su.ru.ni.mo.ho.do.ga.a.ru]

幫忙3 天得到的回饋居然只有毛巾一條！？

3日間(みっかかん)手伝(てつだ)ったお礼(れい)が、たった＊タオル1本(いっぽん)！？

mi.k.ka.ka.n.te.tsu.da.t.ta.o.re.i.ga、ta.t.ta.ta.o.ru.i.p.po.n

把人當傻瓜也要有個限度吧！

人(ひと)を▸ばかにするにも▸ほどがあるよねー。

hi.to.o.ba.ka.ni.su.ru.ni.mo.ho.do.ga.a.ru.yo.ne.e

＊タオル(towel)：毛巾。

注意 3日間(みっかかん)：唸法是「みっかかん」不是「さんにちかん」喔！

句型分析

- ～にしろ：給我去做～。命令語氣。
- N＋だって：連N也是會…

  例句：先生(せんせい)だって漢字(かんじ)を間違(まちが)えることがあるんでしょう。

  （就算是老師有時也會寫錯漢字的吧。）
- やればできる：想做就做的到。
- だから：

  ①放句首表示「所以」，有不耐煩的語感。

  例句：だからそのやり方(かた)はだめだと言(い)ったでしょう。

  （所以我就説這方法行不通的嘛！）

  ②放句末表示「因為」

  例句：あなたはいつも遅刻(ちこく)だから。（就是因為妳老愛遲到！）
- ばかにする：耍人、欺負人。
- ほどがある：在一定的範圍內、有限度。

這把年紀了竟然～ 103

▶いい年(とし)した大人(おとな)のくせに

[i.i.to.shi.shi.ta.o.to.na.no.ku.se.ni]

叔叔你都這把年紀了，怎麼這點事都不懂？

おじさん、▸いい年(とし)した大人(おとな)の▸くせに、こんなことも知(し)らないの？

o.ji.sa.n、i.i.to.shi.shi.ta.o.to.na.no.ku.se.ni、ko.n.na.ko.to.mo.shi.ra.na.i.no

你這個沒大沒小的小鬼～

＊生意気(なまいき)な＊ガキンチョだな～。

na.ma.i.ki.na.ga.ki.n.cho.da.na

＊**生意気(なまいき)**：沒大沒小的。

＊**ガキンチョ**：小鬼、小孩。與**ガキ**意義相同都是指小孩的意思。加上～**ンチョ**只是調整語氣的作用而已。

別開玩笑了！① 104

▶ふざけるな！ [fu.za.ke.ru.na]

這樣可以饒了我吧？

これで＊勘弁(かんべん)してもらえませんか？

ko.re.de.ka.n.be.n.shi.te.mo.ra.e.ma.se.n.ka

別開玩笑了！你以為給這點錢我就會原諒你嗎？

▸ふざけるな！こんな＊はした金(がね)で許(ゆる)せるか！

fu.za.ke.ru.na!ko.n.na.ha.shi.ta.ga.ne.de.yu.ru.se.ru.ka

＊**勘弁(かんべん)する**：饒恕、放過。 ＊**はした金(がね)**：一點錢，形容錢之少。**はした**：極少、微量。

別開玩笑了！② 105

▶ 冗談じゃない [jo.o.da.n.ja.na.i]

上次跟你借的一萬圓，可不可以就這樣算了？

この前借りた 1 万円、
*チャラにしてくれない？
ko.no.ma.e.ka.ri.ta.i.chi.ma.n.e.n、
cha.ra.ni.shi.te.ku.re.na.i

別開玩笑了！快還我！

*冗談じゃない！早く*返せ！
jo.o.da.n.ja.na.i! ha.ya.ku.ka.e.se

＊チャラ：（欠款）一筆勾消。＊冗談：開玩笑。＊返せ：還來。返す的命令形。

別開玩笑了！③ 106

▶ ちゃかさないで！ [cha.ka.sa.na.i.de]

生氣的話眉頭會長皺紋喔！

怒るとまた眉間にシワが増えるよ。
o.ko.ru.to.ma.ta.mi.ke.n.ni.shi.wa.ga.fu.e.ru.yo

少跟我開玩笑了，好好認真聽嘛！

▸ちゃかさないで、▸まじめに聞いて！
cha.ka.sa.na.i.de、ma.ji.me.ni.ki.i.te

句型分析

- いい年した：年紀不小了。 ● くせに：都～還～、明明～還～。帶有指責口氣。
- ふざけるな：別開玩笑了、別胡鬧了。ふざける：胡鬧、開玩笑。ふざけるな是ふざける的命令形，也可說「ふざけんな」。
- ちゃかさないで：別開玩笑、別鬧了。ちゃかす的否定形。
- まじめに：認真地。

♪ 03-06

笨蛋！

笨蛋！ 107

▶ **ばか！** [ba.ka]

死了會不會比較輕鬆。

死(し)ん▸だら▸楽(らく)になるかな。
shi.n.da.ra.ra.ku.ni.na.ru.ka.na

笨蛋！講什麼傻話！

ばか！▸なんてこと言(い)うの！
ba.ka! na.n.te.ko.to.i.u.no

傻瓜、笨蛋 108

▶ **あほ！** [a.ho]

他說，如果我借他200萬，就跟我結婚。

彼(かれ)ね、200万円(にひゃくまんえん)▸貸(か)してくれたら、私(わたし)と結婚(けっこん)してくれる▸って。
ka.re.ne、ni.hya.ku.ma.n.e.n.ka.shi.te.ku.re.ta.ra、wa.ta.shi.to.ke.k.ko.n.shi.te.ku.re.ru.t.te

笨蛋！妳被他騙了還不知道嗎？

*あほ！あいつに▸だまされてんのが まだ▸わかんないの！
a.ho! a.i.tsu.ni.da.ma.sa.re.te.n.no.ga. ma.da.wa.ka.n.na.i.no

＊あほ：阿呆、笨蛋。日本關西地區較常見

少自我感覺良好了！ 109

▶うぬぼれるな！ [u.nu.bo.re.ru.na]

這樣就沒問題了！

これで＊バッチリだ。
ko.re.de.ba.c.chi.ri.da

別太自我感覺良好了！還差得遠呢！

＊うぬぼれるな！＊まだまだ＊未熟（みじゅく）だよ。
u.nu.bo.re.ru.na! ma.da.ma.da.mi.ju.ku.da.yo

＊**バッチリ**：豪無遺漏、非常完美。

＊**うぬぼれるな**：少自戀了、別自以為了。是うぬぼれる（自戀、自我感覺良好）的否定命令形。

＊**まだまだです**：まだ是尚未、還沒的意思，まだまだ在此為強調自己能力尚不足的自謙語。

＊**未熟（みじゅく）**：①果實、作物未成熟②技術還沒到位。在此為②技術還沒到位之意。

句型分析

- ～たら：～的話。
- 楽（らく）になる：變得輕鬆。
- なんてこと：什麼？！帶有對此事輕蔑、否定的感覺。
- 貸（か）してくれる：借我。
- って：在此為引述對方説詞。
- だまされてん：被騙了。だまされていた的口語，強調事情已經發生了。
- わかんない：不知道、不懂わからない的口語。

♪ 03-07

差勁！

差勁！ 110

▶ 最低（さいてい）！ [sa.i.te.i]

他說不想和我這樣的醜女交往！

彼（かれ）、私（わたし）▸みたいな＊ブスと＊付（つ）き合（あ）う▸気（き）はないって。

ka.re、wa.ta.shi.mi.ta.i.na.bu.su.to.tsu.ki.a.u.ki.wa.na.i.t.te

差勁！什麼男人嘛！

最低（さいてい）！なんて男（おとこ）なの！

sa.i.te.i!　na.n.te.o.to.ko.na.no

＊ブス：醜女。

＊付（つ）き合（あ）う：交往、往來。可以用在男女關係上的交往與一般朋友上的往來。

太過分了！ 111

▶ ひどい！ [hi.do.i]

這狗真吵！

うるさい犬（いぬ）だな！

u.ru.sa.i.i.nu.da.na

你太過分了！沒必要踢牠吧！

＊ひどい！＊蹴（け）るなんて▸あんまりよ！

hi.do.i!　ke.ru.na.n.te.a.n.ma.ri.yo

＊ひどい：①殘酷的②過分的③不好的、差的。在此為②過分的。
＊蹴る：踢。

太過分了！太超過了！ 112

▶あんまりだ！ [a.n.ma.ri.da]

偷錢的人就是你吧！

▸お金をくすねたのは、お前▸だろう！
o.ka.ne.o.ku.su.ne.ta.no.wa、o.ma.e.da.ro.o

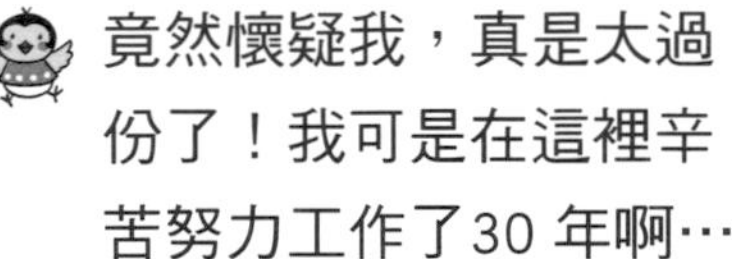

竟然懷疑我，真是太過份了！我可是在這裡辛苦努力工作了30 年啊…

私を＊疑うなんて、あんまりです！
３０年もまじめに▸勤めてきたのに。
wa.ta.shi.o.u.ta.ga.u.na.n.te、a.n.ma.ri.de.su!
sa.n.ju.u.ne.n.mo.ma.ji.me.ni.tsu.to.me.te.ki.ta.no.ni

＊疑う：懷疑。

句型分析

- ～みたい（な）：像～樣的。
- ～気はない：沒有～的意思、不想～。
  例句：別にあの人のところに行く気はない。（我根本不想去他那裡。）
- あんまり：太過分了。後面常接否定，あまり的口語。蹴るなんてあまりないですよ！的簡略說法。
- お金をくすねる：偷東西。
- だろう：～吧！表示滿肯定的推測。
- 勤めてきた：一直都在工作。てきた表示努力累積起來的成果。
  例如：積み上げてきた（累積而來的）

傷腦筋！ 113

▶ 困(こま)る [ko.ma.ru]

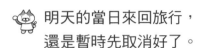

明天的當日來回旅行，還是暫時先取消好了。

やっぱり明日(あした)の*日帰(ひがえ)り旅行(りょこう)は、やめておきます。

ya.p.pa.ri.a.shi.ta.no.hi.ga.e.ri.ryo.ko.o.wa、ya.me.te.o.ki.ma.su

這樣很傷腦筋耶！這種事應該早點說嘛！

困(こま)るよ！そういうことはもっと早(はや)く言(い)ってもらわないと。

ko.ma.ru.yo! so.o.i.u.ko.to.wa.mo.t.to.ha.ya.ku.i.t.te.mo.ra.wa.na.i.to

＊日帰(ひがえ)り旅行(りょこう)：當日來回的旅行。

不會吧！ 114

▶ そりゃないよ！ [so.rya.na.i.yo]

公司倒閉恐怕這3 個月積欠的薪水都付不出來了。

*倒産(とうさん)して*たまってた 3 ヶ月分(さんかげつぶん)の*給料(きゅうりょう)も*払(はら)えなくなった。

to.o.sa.n.shi.te.ta.ma.t.te.ta.sa.n.ka.ge.tsu.bu.n.no.kyu.u.ryo.o.mo.ha.ra.e.na.ku.na.t.ta

社長，不會吧！

社長(しゃちょう)、そりゃないですよ！

sha.cho.o、so.rya.na.i.de.su.yo

＊倒産(とうさん)：破產。　＊たまる：累積。　＊給料(きゅうりょう)：薪水。
＊払(はら)える：能付。払(はら)う的可能形。

卑鄙的傢伙！ 115

▶ 卑怯者(ひきょうもの)！ [hi.kyo.o.mo.no]

誘騙罹患失智症的老人，侵佔他人的不動產，真是卑鄙的傢伙！

＊認知症(にんちしょう)の老人(ろうじん)をだまして不動産(ふどうさん)を＊乗(の)っ取(と)るなんて、＊卑怯者(ひきょうもの)！

ni.n.chi.sho.o.no.ro.o.ji.n.o.da.ma.shi.te.fu.do.o.sa.n.o.no.t.to.ru.na.n.te、hi.kyo.o.mo.no

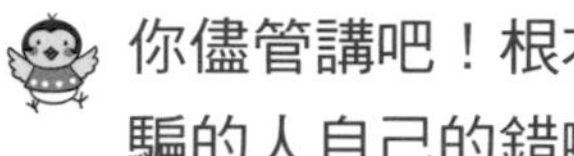

你儘管講吧！根本是被騙的人自己的錯嘛！

なんとでも＊おっしゃってください。＊だまされる方(ほう)が悪(わる)いんですよ。

na.n.to.de.mo.o.s.sha.t.te.ku.da.sa.i。
da.ma.sa.re.ru.ho.o.ga.wa.ru.i.n.de.su.yo

＊認知症(にんちしょう)：失智症。　＊乗(の)っ取(と)る：奪取。　＊卑怯(ひきょう)：卑鄙。

＊だまされる：被騙。だます的使役型。　＊おしゃる：你所説的。

句型分析

- ～ておきます：事先做～。句中為「先」取消之意。
- 言(い)ってもらわないと：應該要跟我説的。言(い)ってもらわないといけない的省略説法，口語中經常將と後面省略使用。
- そりゃないよ：這不可能吧！それはないよ的口語。

不孝子！ 116

▶ 親不孝者！ [o.ya.fu.ko.o.mo.no]

裕太又鬧事鬧到警局了！

また裕太が警察*沙汰を起こした*って。

ma.ta.yu.u.ta.ga.ke.i.sa.tsu.za.ta.o.o.ko.shi.ta.t.te

真是的！這個不孝子！

*まったくもう、あの*親不孝者が！

ma.t.ta.ku.mo.o、a.no.o.ya.fu.ko.o.mo.no.ga

*沙汰：事情。

*まったくもう：真是受不了。

*って：放在句末表聽說。

*親不孝：不孝。⇔ 親孝行：孝順。

不知羞恥！ 117

▶ 恥知らず！ [ha.ji.shi.ra.zu]

我恐嚇了一下那位社長，500 萬圓就到手了。

あそこの社長をちょっと*脅して、500 万円もらったよ。

a.so.ko.no.sha.cho.o.o.cho.t.to.o.do.shi.te、go.hya.ku.ma.n.e.n.mo.ra.t.ta.yo

你這不知羞恥傢伙，你還算是人嗎？

*恥知らず！あなたそれでも人間なの！

ha.ji.shi.ra.zu! a.na.ta.so.re.de.mo.ni.n.ge.n.na.no

*脅す：恐嚇。 *恥知らず＝恥知らない：不知羞恥。

忘恩負義！ 118

▶ 恩知らず！ [o.n.shi.ra.zu]

也不來向我這個師傅打聲招呼，這個忘恩負義的傢伙！

＊師匠である私に＊ひと言の＊挨拶にも来ないで。あの恩知らず＊め！
shi.sho.de.a.ru.wa.ta.shi.ni.hi.to.ko.to.no.a.i.sa.tsu.ni.mo.ko.na.i.de。a.no.o.n.shi.ra.zu.me

＊師匠：師傅。　＊ひと言：隻字片語。　＊挨拶：打招呼。
＊め：傢伙。野獣目（可惡的野獸）

別欺負弱小！ 119

▶ 弱い者いじめはよせ！ [yo.wa.i.mo.no.i.ji.me.wa.ya.me.na]

別欺負弱小！

弱い者＊いじめはよせ。
yo.wa.i.mo.no.i.ji.me.wa.yo.se

怎樣？和你沒關係吧！

なんだよ、＊お前には関係ない＊だろ！
na.n.da.yo、o.ma.e.ni.wa.ka.n.ke.i.na.i.da.ro

＊いじめる：欺負。 ⇔ いじめられる：被欺負。
＊お前：你。男性用語。上對下口吻。
＊だろ：吧！だろう的口語。句末語助詞。

♪ 03-08

你什麼意思？！

到底什麼意思？ 120

▶ 一体（いったい）なんのつもり？ [i.t.ta.i.na.n.no.tsu.mo.ri]

這樣做到底是什麼意思？是想惹毛我嗎？

こんなことして、*一体（いったい）なんの*つもり？私（わたし）への*嫌（いや）がらせ？

ko.n.na.ko.to.shi.te、i.t.ta.i.na.n.no.tsu.mo.ri?
wa.ta.shi.e.no.i.ya.ga.ra.se

*一体（いったい）：到底、究竟。

*つもり：想法。つもり表示幾乎確定這個想法，並且會去實行。

*嫌（いや）がらせ：找（我）麻煩。

你這是什麼意思？ 121

▶ どういうつもり？ [do.o.i.u.tsu.mo.ri]

昨天放你鴿子，真對不起，不小心忘了和你有約。

昨日(きのう)は約束(やくそく)＊すっぽかして、ごめん。＊つい忘(わす)れ▸ちゃって。

ki.no.o.wa.ya.ku.so.ku.su.p.po.ka.shi.te、go.me.n。tsu.i.wa.su.re.cha.t.te

你到底是什麼意思？我等了2 小時耶！

一体(いったい)どういうつもり？2時間(にじかん)も待(ま)ってたのよ！

i.t.ta.i.do.o.i.u.tsu.mo.ri?
ni.ji.ka.n.mo.ma.t.te.ta.no.yo

＊すっぽかす：半調子、放鴿子。　＊つい～：不小心就～

句型分析

● ちゃって：てしまって的口語。

你以為你是誰啊？ 122

▶ 何様(なにさま)のつもり？ [na.ni.sa.ma.no.tsu.mo.ri]

你要多多注意自己的衣著打扮啊！
もっと*身(み)なりに気(き)をつけて、*気配(きくば)りしなさいよ。
mo.t.to.mi.na.ri.ni.ki.o.tsu.ke.te、ki.ku.ba.ri.shi.na.sa.i.yo

這什麼話？你以為你誰啊？
何(なに)あれ？*何様(なにさま)のつもり？
na.ni.a.re? na.ni.sa.ma.no.tsu.mo.ri

＊身(み)なり：服裝、外型打扮。 ＊気配(きくば)り：注意、留心。 ＊何様(なにさま)：您是哪位？

挖苦 123

▶ イヤミ [i.ya.mi]

美津子小姐身材豐腴，真令人羨慕！
美津子(みつこ)さんって、*グラマーで羨(うらや)ましい。
mi.tsu.ko.sa.n.t.te、gu.ra.ma.a.de.u.ra.ya.ma.shi.i

你真會挖苦人，是想說我胖吧！
*イヤミな*やつ！*要(よう)するに*太(ふと)めと言(い)いたいんでしょ！
i.ya.mi.na.ya.tsu! yo.o.su.ru.ni.fu.to.me.to.i.i.ta.i.n.de.sho

＊グラマー(glamour)：指豐滿的女性。
＊イヤミ：講讓人不舒服的話。漢字寫成嫌(いや)み。
＊やつ：傢伙。 ＊要(よう)するに：總之，重點是。
＊太(ふと)め：胖的。⇔ 細(ほそ)め：瘦的、細的。

句型分析
● ～しなさい：請～，帶有柔性命令、強力勸說的語感。

不像話劇場
Angry Pig
ギャー
哼！
ギャー
哼！
ギャー
哼！
なまいき！
有夠沒禮貌的！
なによ
その態度！
什麼態度嘛！
謝りなさいよ！
還不給我道歉！
素直に
言う事を
聞けないの？
聽不懂人話嗎？
世の中
使えない
バカばっかり！
到處都是沒用的東西！
フンッ
哼!!
ひそ
ひそ
窸窣
窸窣
何様の
つもり？
她以為
她是誰啊！
そりゃ
女王様の
つもりでしょ
看那樣子大概
是女王吧！

♪ 03-09

厚臉皮

厚臉皮

124

▶ 図々(ずうずう)しい [zu.u.zu.u.shi.i]

好好喔～每天都有手工便當可以吃，順便也幫我做一個來嘛！

いいな～、毎日(まいにち)＊手作(てづく)り弁当(べんとう)か。
ついでに僕(ぼく)のも作(つく)ってきてよ。
i.i.na ～、ma.i.ni.chi.te.zu.ku.ri.be.n.to.o.ka。
tsu.i.de.ni.bo.ku.no.mo.tsu.ku.t.te.ki.te.yo

真厚臉皮！我幹嘛連你的便當也要一起做呀？

図々(ずうずう)しい！なんで私(わたし)があなたのまで作(つく)らなきゃいけないのよ。
zu.u.zu.u.shi.i! na.n.de.wa.ta.shi.ga.a.na.ta.no.
ma.de.tsu.ku.ra.na.kya.i.ke.na.i.no.yo

＊**手作(てづく)り**：手工製作。

句型分析

- **ついでに～**：順便做～
- **～てきて**：是表示做～然後帶來的固定句型。
  例句：このファイルは明日(あした)会社(かいしゃ)に持(も)ってきて：你明天帶著這份資料來公司。
- **～まで**：連～也。
- **作(つく)らなきゃいけない**：非做不可。作(つく)らなくてはいけない的口語。日文口語中常將「くては」唸成「きゃ」。

很煩耶！（勾勾纏！） 125

▶しつこい！ [shi.tsu.ko.i]

小姐，請聽我說一下嘛。

＊ねえ、一度(いちど)お話(はな)し▸だけでも聞(き)いてくださいよ。

ne.e、i.chi.do.o.ha.na.shi.da.ke.de.mo.ki.i.te.ku.da.sa.i.yo

很煩耶！別跟著我！

しつこい！もう▸ついて来(こ)ないで！

shi.tsu.ko.i! mo.o.tsu.i.te.ko.na.i.de

＊キャッチセールス(catch sales)：路上的推銷員。

＊ねえ：喂。引起別人注意的發語詞。

句型分析

- ～だけでも：只要～就好了。
- ついて来(こ)ないで：不要跟著我。来(こ)ない是来(く)る的否定形。

裝熟

126

▶ なれなれしい！ [na.re.na.re.shi.i]

感覺我們不像第一次見面耶。下次一起去吃飯吧！

初めて会ったような気がしないなあ。今度食事にでも行こうよ。

ha.ji.me.te.a.t.ta.yo.o.na.ki.ga.shi.na.i.na.a。
ko.n.do.sho.ku.ji.ni.de.mo.i.ko.o.yo

（內心os）這傢伙！怎麼一下子就好像跟我很熟了一樣！

（心の中で）何こいつ？いきなりタメ口利いてきて、なれなれしい！

(ko.ko.ro.no.na.ka.de)na.ni.ko.i.tsu? i.ki.na.ri.
ta.me.gu.chi.ki.i.te.ki.te、na.re.na.re.shi.i

COLUMN

タメ

原指擲骰子擲出相同點數，對等、相當的意思。例如：**タメ年**（同年齡、年級）。日本是非常講求禮貌的國家，對長輩、上司、不熟的同輩都需要講求禮貌使用**です、ます**。**タメ口**的意思為對長輩、上司或是在彼此還不熟悉的情況下，和人說話時不用**です、ます**等禮貌說法，而直接用**～だ、～だね、～だよ**等常體，表示沒禮貌的負面意義。

句型分析

- **～気がしない**：不覺得～ ⇔ **～気がする**：覺得、感到。
- **～にでも**：舉例時常用的句型，相當於中文的吃個飯「什麼的」、喝個咖啡「之類的」。

ねえ、彼女～
ちょっとお茶くらい
つき合ってよ
嗨！女孩兒～一起喝一杯茶吧！

おい ねーちゃん、
無視してんじゃ
ねーよ！
喂～這位姐姐～
別這樣嘛！

うるさい！
吵死了！
しつこい
ヤツ！
煩死了！

猫娘の
ガールハントは
危険だ…
搭訕真是危
險活動啊！
フン！

不像話劇場
——惹到恰查某

♪ 03-10

真是失禮

沒禮貌！ 127

▶ 失礼(しつれい)な！ [shi.tsu.re.i.na]

這個，是櫻井小姐年輕時的照片嗎？

これ、桜井(さくらい)さんの＊若(わか)い頃(ころ)の写真(しゃしん)？
ko.re、sa.ku.ra.i.sa.n.no.wa.ka.i.ko.ro.no.sha.shi.n

沒禮貌耶！我怎麼可能這麼肥又這麼醜？

失礼(しつれい)な！私(わたし)がこんなに＊デブでブスな▸わけないでしょう！
shi.tsu.re.i.na! wa.ta.shi.ga.ko.n.na.ni.de.bu.de.bu.su.na.wa.ke.na.i.de.sho.o

＊若(わか)い頃(ころ)：年輕的時候。

＊デブ：胖子。

聽我說！ 128

▶ 聞(き)いてよ [ki.i.te.yo]

好好地聽我說嘛！

私(わたし)の話(はなし)、ちゃんと＊聞(き)いてよ！
wa.ta.shi.no.ha.na.shi、cha.n.to.ki.i.te.yo

＊聞(き)く：①聽②問。可由前後文判斷是聽還是問。在此為①聽的意思。

幹嘛盯著我看？

129

▶ なにじろじろ見(み)てるの？ [na.ni.ji.ro.ji.ro.mi.te.ru.no]

喂！幹嘛從剛剛就一直盯著人家？

ちょっと、*さっきからなに人(ひと)のこと*じろじろ見(み)てるの？

cho.t.to、sa.k.ki.ka.ra.na.ni.hi.to.no.ko.to.ji.ro.ji.ro.mi.te.ru.no

*さっき：剛剛，先(さき)的口語。 *じろじろ：直盯著看。副詞。

失礼ね!!
さっきから なにじろじろ 見てるの！
從剛剛就一直盯著我看！
わたしの顔に なにか付いてるの？
我臉上沾到什麼東西了嗎？！
ええ、鳥のフンが…
嗯…是有點鳥大便…

句型分析

● わけない：不可能。わけ：原因、理由。沒有這種原因跟理由，表示不可能。

♪ 03-11

老頑固

老頑固！ 130

▶ 頑固者(がんこもの)！ [ga.n.ko.mo.no]

我已經講這麼多了，還是沒辦法改變你的想法嗎？你這個老頑固！

▸これだけ言(い)っても考(かんが)え方(かた)を*曲(ま)げないの？この*頑固者(がんこもの)！

ko.re.da.ke.i.t.te.mo.ka.n.ga.e.ka.ta.o.ma.ge.na.i.no? ko.no.ga.n.ko.mo.no

＊**曲(ま)げる**：① 彎曲 ② 委屈、改變。在此為 ② 委屈、改變之意。
＊**頑固者(がんこもの)**：老頑固。

句型分析

● **これだけ**：① 特定的事物 ② 表示程度、範圍 ③ 強調程度、範圍。在此為 ③ 強調程度、範圍。

死腦筋！ 131

▶ 石頭（いしあたま） [i.shi.a.ta.ma]

我絕不會賣掉祖先留下來的土地！

俺（おれ）は絶対（ぜったい）*ご先祖様（せんぞさま）から*受（う）け継（つ）いだこの土地（とち）を売（う）るつもりはないよ！

o.re.wa.ze.t.ta.i.go.se.n.zo.sa.ma.ka.ra.u.ke.tsu.i.da.ko.no.to.chi.o.u.ru.tsu.mo.ri.wa.na.i.yo

爸爸你這個死腦筋！時代已經變了啦！

*オヤジの石頭（いしあたま）！時代（じだい）は*変（か）わったんだよ！

o.ya.ji.no.i.shi.a.ta.ma! ji.da.i.wa.ka.wa.t.ta.n.da.yo

*ご先祖様（せんぞさま）：祖先。 *受（う）け継（つ）ぐ：繼承。

*オヤジ：可稱自己的父親、祖父、中老年男子、店老闆、部下對長官的暱稱。

*変（か）わる：改變。過去式変（かわ）わった除了有「改變」的意思之外，還有稀奇的、奇怪的之意。

死心眼、老頑固 132

▶ わからずや！ [wa.ka.ra.zu.ya]

你為什麼不肯乖乖聽別人的勸告呢？這個老頑固！

どうして人（ひと）の忠告（ちゅうこく）を*素直（すなお）に聞（き）けないの？この*わからずや！

do.o.shi.te.hi.to.no.chu.u.ko.ku.o.su.na.o.ni.ki.ke.na.i.no? ko.no.wa.ka.ra.zu.ya

*素直（すなお）に：①質樸、保留原本的樣子②乖巧的③直的、不彎曲的④技術完美的⑤事情進展順利的。在此為②乖巧的之意。

*わからずや：死心眼、老頑固。「や」是人的意思在此不刻意翻譯出來。例如：お天気（てんき）や（善變的人）

♪ 03-12

沒水準

真丟臉！真難看！ 133

▶ みっともない！ [mi.t.to.mo.na.i]

不要在路中間這樣啦！真丟臉！

道(みち)の＊真(ま)ん中(なか)でそんなことするの、やめなさい。みっともない！

mi.chi.no.ma.n.na.ka.de.so.n.na.ko.to.su.ru.no、ya.me.na.sa.i。mi.t.to.mo.na.i

＊真(ま)ん中(なか)：正中間。

日語中的「真」常有很～、最～、純、剛好在正中間的意思。

例如：真(ま)っ白(しろ)（純白）

真(ま)っ赤(か)〔很紅、（臉）通紅〕

真昼(まひる)（正中午）

真夜中(まよなか)（夜最深時）

下流、沒水準 134

▶ 下品（げひん）[ge.hi.n]

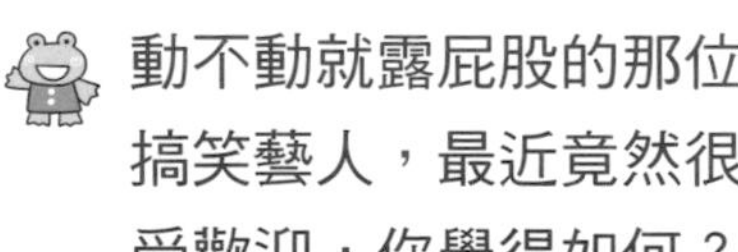

動不動就露屁股的那位搞笑藝人，最近竟然很受歡迎，你覺得如何？

すぐ*おしり出（だ）すあの*芸人（げいにん）、最近（さいきん）*結構（けっこう）ウケてるけどどう思（おも）う？

su.gu.o.shi.ri.da.su.a.no.ge.i.ni.n、sa.i.ki.n.ke.k.ko.u.ke.te.ru.ke.do.do.o.o.mo.u

沒水準！已經變不出花樣了啦！

下品（げひん）！芸（げい）がない！

ge.hi.n! ge.i.ga.na.i

*おしり：屁股。漢字寫為お尻（しり）。
*芸人（げいにん）：藝人，特別指搞笑藝人。
*結構（けっこう）：很～

♪ 03-13

不喜歡這種做法

不喜歡

135

▶ 気に入らない [ki.ni.i.ra.na.i]

經理最近不給加藤先生工作，似乎想逼他自動辭職呢。

部長、加藤さんを仕事から*干して、‣辞表を出させようとしてるみたい。

bu.cho.o、ka.to.o.sa.n.o.shi.go.to.ka.ra.ho.shi.te、ji.hyo.o.o.da.sa.se.yo.o.to.shi.te.ru.mi.ta.i

這種作法真令人討厭！

ああいうやり方、気に入らないなあ！

a.a.i.u.ya.ri.ka.ta、ki.ni.i.ra.na.i.na.a

*干す：①曬乾、晾乾、飲盡②故意不分配工作給對方、無視對方。在此為②之意。

COLUMN 日本的公司職位由高到低排列如下：会長（總裁）→社長（董事長）→部長（總經理）→課長（課長）→係長（組長）→主任（主任）→平社員（一般職員）

句型分析 ●辞表を出させようとする：讓對方自己提出辭呈。させようとする為讓某人做某事的常用句型。

偏心 136

▶ えこひいき [e.ko.hi.i.ki]

老師偏心！女生都那麼輕鬆！太奸詐了啦！

先生(せんせい)の*えこひいき！
女子(じょし)だけ*ラクしてずるいよ。

se.n.se.i.no.e.ko.hi.i.ki!
jo.shi.da.ke.ra.ku.shi.te.zu.ru.i.yo

不是偏心啦！男生比較有力氣嘛！

えこひいきじゃないよ。男子(だんし)の*方(ほう)が*力持(ちからも)ちなんだから。

e.ko.hi.i.ki.ja.na.i.yo。da.n.shi.no.ho.o.ga.chi.ka.ra.mo.chi.na.n.da.ka.ra

＊えこひいき：偏心。
＊ラク：輕鬆（楽(らく)）。
＊方(ほう)：那方、那邊。
＊力持(ちからも)ち：有力氣、大力士。

造成困擾 137

▶ 迷惑(めいわく) [me.i.wa.ku]

是誰在這裡亂停車啊！真是令人困擾！

誰(だれ)だ？こんなところに*駐車(ちゅうしゃ)して！
*迷惑(めいわく)だなあ！

da.re.da?ko.n.na.to.ko.ro.ni.chu.u.sha.shi.te! me.i.wa.ku.da.na.a

＊駐車(ちゅうしゃ)する：停車。　＊迷惑(めいわく)：困擾、麻煩。

COLUMN 若想強調語氣時，可以說：迷惑(めいわく)にもほどがある、迷惑千万(めいわくせんばん)、迷惑(めいわく)きわまりない、大迷惑(おおめいわく)、超迷惑(ちょうめいわく)，表示「真令人困擾！」之意

聽不下去 138

▶聞き捨てならない [ki.ki.zu.te.na.ra.na.i]

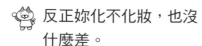

反正妳化不化妝，也沒什麼差。

*お化粧しても、*どうせたいして変わらないのに。

o.ke.sho.o.shi.te.mo、do.o.se.ta.i.shi.te.ka.wa.ra.na.i.no.ni

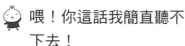

喂！你這話我簡直聽不下去！

ちょっと！今の*セリフ、*聞き捨てならないなー！

cho.t.to! i.ma.no.se.ri.fu、ki.ki.zu.te.na.ra.na.i.na.a

*お化粧：妝容。

*どうせ：反正。副詞。

*セリフ：台詞、說的話。

*聞き捨て：聽過去不放在心上。

注意 たいして 程度輕微的、沒什麼問題的。

たいして、たいした都是表示程度輕微的意思。但たいして後接動詞，たいした則是修飾名詞。

太超過！ 139

▶～も甚だしい [～ mo.ha.na.ha.da.shi.i]

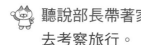

聽說部長帶著家人一起去考察旅行。

部長、*視察旅行に*家族連れで行ったんだって。

bu.cho.o、shi.sa.tsu.ryo.ko.o.ni.ka.zo.ku.zu.re.de.i.t.ta.n.da.t.te

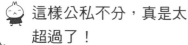

這樣公私不分，真是太超過了！

*公私混同も*甚だしい！

ko.o.shi.ko.n.do.o.mo.ha.na.ha.da.shi.i

＊視察旅行（しさつりょこう）：想因公務外出視察順便旅行。＊家族連れ（かぞくづれ）：帶著家人，也指有家室的人。
＊公私混同（こうしこんどう）：公私不分。　＊甚だしい（はなはだしい）：超過、太…。

注意　だって
聽說。だって放在句末有聽說的意思，如上面的例句，放句首時則是「因為」的意思，這種說法會給人帶點孩子氣的感覺，所以只用於親近的人喔！
例句：だって野菜（やさい）なんか食（た）べたくないもん。（因為人家就是不想吃蔬菜嘛！）

一點也不好！ 140

▶ちっともよくない！ [chi.t.to.mo.yo.ku.na.i]

這不是很像嗎？這個就好了啦！
似（に）てるんだから、これでいいじゃない。
ni.te.ru.n.da.ka.ra、ko.re.de.i.i.ja.na.i

一點也不好，我想要的是別款的嘛！
ちっともよくないよ！
別（べつ）のが＊欲（ほ）しかったのに。
chi.t.to.mo.yo.ku.na.i.yo!
be.tsu.no.ga.ho.shi.ka.t.ta.no.ni

＊欲（ほ）しい：想要。欲（ほ）しい表示自己的希望，而て欲（ほ）しい則是希望別人做某事的固定用法。
例句：予算（よさん）にもぴったりだし、ぜひこの車（くるま）を選（えら）んでほしい。（價格也剛好在預算內，請你務必選擇這部車。）

句型分析

● のに：放在句中表示前後兩項屬於矛盾關係，帶有不滿的語氣。

♪ 03-14

滿嘴胡說八道

別亂說不負責任的話！ 141

▶いい加減(かげん)なこと言(い)わないで！

那傢伙肯定有和其他女人來往。

あいつはきっと他(ほか)にも付(つ)き合(あ)ってる女性(じょせい)がいるよ。

a.i.tsu.wa.ki.t.to.ho.ka.ni.mo.tsu.ki.a.t.te.ru.jo.se.i.ga.i.ru.yo

 別亂說不負責任的話！

＊いい加減(かげん)なこと言わないで！

i.i.ka.ge.n.na.ko.to.i.wa.na.i.de

＊いい加減(かげん)な：①剛好的程度、範圍②不徹底、不負責任、沒有根據③很～，在此為②的意思。

曲解、牽強附會 142

▶ こじつけはやめて！ [ko.ji.tsu.ke.wa.ya.me.te]

 妳一定是喜歡他吧？

＊やっぱり彼のことが好きなんでしょう？

ya.p.pa.ri.ka.re.no.ko.to.ga.su.ki.na.n.de.sho.o

 別亂點鴛鴦譜了！只是那時剛好對他親切了點罷了。

＊こじつけはやめて！＊たまたまあの時親切にしただけよ。

ko.ji.tsu.ke.wa.ya.me.te! ta.ma.ta.ma.a.no.to.ki.shi.n.se.tsu.ni.shi.ta.da.ke.yo

＊やっぱり：果然。是やはり的口語說法。

＊こじつけ：牽強附會、硬拗。

＊たまたま：剛好、偶然。

別瞎說有的沒的！ 143

▶ でたらめ言(い)うな！ [de.ta.ra.me.i.u.na]

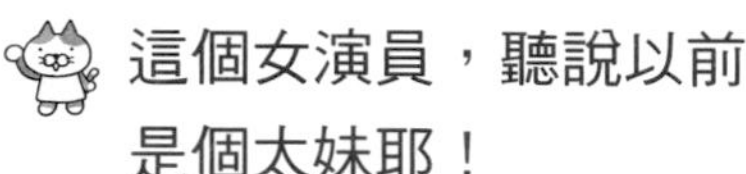

這個女演員，聽說以前是個太妹耶！

この*女優(じょゆう)、昔(むかし)*相当(そうとう)な*ワルだったって話(はなし)だよ。
ko.no.jo.yu.u、mu.ka.shi.so.o.to.o.na.wa.ru.da.t.ta.t.te.ha.na.shi.da.yo

別瞎說有的沒的！她最不可能做這種事的啦！

*でたらめ言(い)うな！彼女(かのじょ)に限(かぎ)ってそんなことあるわけがない！
de.ta.ra.me.i.u.na! ka.no.jo.ni.ka.gi.t.te.so.n.na.ko.to.a.ru.wa.ke.ga.na.i

＊女優(じょゆう)：女演員。男演員為俳優(はいゆう)。　＊昔(むかし)：以前。　＊相当(そうとう)：非常。

＊ワル：壞事、惡人。　＊でたらめ：沒有根據、無意義。

和之前說的不一樣 144

▶ 約束(やくそく)が違(ちが)う [ya.ku.so.ku.ga.chi.ga.u]

辛苦了！來、這是你的薪水。

お疲(つか)れさま。はい、これ*報酬(ほうしゅう)。
o.tsu.ka.re.sa.ma. ha.i、ko.re.ho.o.syu.u

才3000圓？跟之前說的不一樣吧！原先是說3萬的耶！

*たった3000円(さんぜんえん)？約束(やくそく)が違(ちが)うじゃない！3万円(さんまんえん)という話(はなし)だったでしょう！
ta.t.ta.sa.n.ze.n.e.n? ya.ku.so.ku.ga.chi.ga.u.ja.na.i sa.n.ma.n.e.n.to.i.u.ha.na.shi.da.t.ta.de.sho.o

＊報酬(ほうしゅう)：女報酬、薪水。　＊たった：只有、僅有。

● ● ● ●

多嘴！ 145

▶ おしゃべり！ [o.sha.be.ri]

我把哥哥被老師罵的事跟媽媽說了。

お兄ちゃんが先生に*怒られてたこと、お母さん▸に教えてあげたよ。

o.ni.i.cha.n.ga.se.n.se.i.ni.o.ko.ra.re.te.ta.ko.to、o.ka.a.sa.n.ni.o.shi.e.te.a.ge.ta.yo

這個多嘴的傢伙！

この*おしゃべり！

ko.no.o.sha.be.ri

*怒られる：被惹怒。怒る的使役型。

*おしゃべり：①跟人交談②話很多、很多嘴的人。在此為②很多嘴的人。

句型分析

● ～に限って：特別是～、只有～。

● ～に教えてあげる：告訴～。

光說不練！ 146

▶ 調子(ちょうし)のいいことばっかり言(い)って！

[cho.o.shi.no.i.i.ko.to.ba.k.ka.ri.i.t.te]

我下次一定會帶妳去夏威夷！

＊今度(こんど)▸こそハワイに連(つ)れて行(い)っ▸てやるから。

ko.n.do.ko.so.ha.wa.i.ni.tsu.re.te.i.t.te.ya.ru.ka.ra

哼！又是光說不練而已！

ふん、また＊調子(ちょうし)のいいこと＊ばっかり言(い)って！

fu.n、ma.ta.cho.o.shi.no.i.i.ko.to.ba.k.ka.ri.i.t.te

＊今度(こんど)：在此為下次。今度(こんど)有這次與下次的意思，可依前後文判斷是哪個意思。
＊調子(ちょうし)のいいこと：順著對方的意思、討好對方。
＊ばっかり：都是、盡是。ばかり的口語。

騙子！ 147

▶ うそつき！ [u.so.tsu.ki]

你這個騙子！不是說了一定帶我去夏威夷嗎！

＊うそつき！絶対(ぜったい)＊ハワイに行(い)くって約束(やくそく)したのに！

u.so.tsu.ki! ze.t.ta.i.ha.wa.i.ni.i.ku.t.te.
ya.ku.so.ku.shi.ta.no.ni

抱歉抱歉！我一定找時間補償妳！

ごめんごめん、
いつか＊埋(う)め合(あ)わせするから。

go.me.n.go.me.n、i.tsu.ka.u.me.a.wa.se.su.ru.ka.ra

＊うそつき：騙子。動詞為うそをつく（說謊）

＊ハワイ（Hawaii）：夏威夷。

＊埋（う）め合（あ）わせする：補償。

句型分析

● ～こそ：～才是。強調作用。

● てやる：幫你做～。有上對下的語感。

♪ 03-15

囉哩叭唆

囉嗦！ 148

▶ うるさい！ [u.ru.sa.i]

酒井先生真是個怪咖，穿衣服的品味也怪怪的。

酒井(さかい)くんってちょっと*変人(へんじん)だよね。服(ふく)の*センスも変(へん)。

sa.ka.i.ku.n.t.te.cho.t.to.he.n.ji.n.da.yo.ne。
fu.ku.no.se.n.su.mo.he.n

少囉嗦！別說別人男友的閒話！

うるさいな！人(ひと)の彼氏(かれし)にケチつけないで！

u.ru.sa.i.na! hi.to.no.ka.re.shi.ni.ke.chi.tsu.ke.na.i.de

*変人(へんじん)：怪人。　　*センス(sense)：對事物、美的感知能力。

COLUMN

ケチつく：覺得不會順利、不看好。
ケチ：是斜音「怪事(けじ)」（不可思議、奇怪的事情）而來的。
所以ケチつける有暗示不好的事情即將發生的意思。

少囉嗦！別嘮叨！ 149

▶ やかましい！ [ya.ka.ma.shi.i]

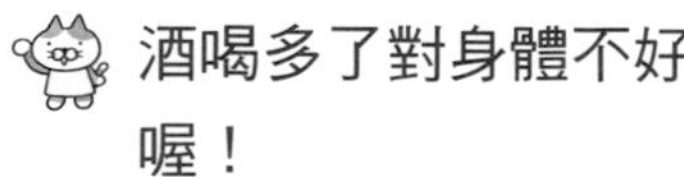

酒喝多了對身體不好喔！

そんなに飲(の)んだら体(からだ)に毒(どく)よ。
so.n.na.ni.no.n.da.ra.ka.ra.da.ni.do.ku.yo

少囉嗦！我愛怎樣就怎樣！

やかましい！俺(おれ)の勝手(かって)だ！
ya.ka.ma.shi.i! o.re.no.ka.t.te.da

＊毒(どく)：毒物。但在此是指對身體有害的意思。
＊やかましい：吵雜、喧囂。

用不著你來說！ 150

▶ 指図(さしず)される覚(おぼ)えはない！

[sa.shi.zu.sa.re.ru.o.bo.e.wa.na.i]

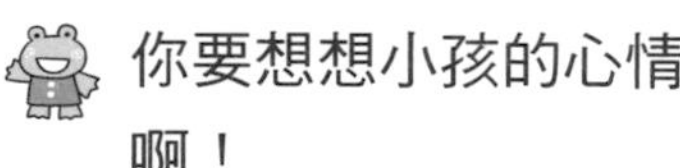

你要想想小孩的心情啊！

もっと＊お子(こ)さんの気持(きも)ちを考(かんが)えて。
mo.t.to.o.ko.sa.n.no.ki.mo.chi.o.ka.n.ga.e.te

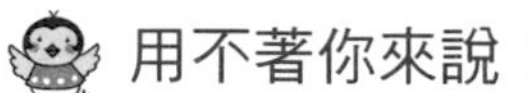

用不著你來說！

あんたに＊指図(さしず)される＊覚(おぼ)えはない！
a.n.ta.ni.sa.shi.zu.sa.re.ru.o.bo.e.wa.na.i

＊お子(こ)さん：你的孩子。
＊覚(おぼ)えはない：不認為。
＊指図(さしず)される：被指使、被命令。

注意：這是比較嚴厲的用語。用於非常生氣的時候、或是極為親密的友人之間。

少說閒話！ 151

▶ 余計(よけい)なこと言(い)うな！ [yo.ke.i.na.ko.to.i.u.na]

他們倆，聽說快離婚了…

あの*ふたり、
*離婚(りこん)しそうだってうわさ*だけど。
a.no.fu.ta.ri、
ri.ko.n.shi.so.o.da.t.te.u.wa.sa.da.ke.do

少說閒話！

*余計(よけい)なこと言(い)うな！
yo.ke.i.na.ko.to.i.u.na

＊ふたり：兩個人。 ＊離婚(りこん)しそう：好像要離婚了。しそう：好像快要～的樣子。
＊だけど：①可是、但是②句末語助詞無意義，在此為②。
＊余計(よけい)な：多餘的、非自己分內的。

別碎碎唸了！ 152

▶ ぶつぶつ言(い)わない！ [bu.tsu.bu.tsu.i.wa.na.i]

啊啊～都這麼晚了…我好想早點回家…

あ～あ、こんなに*遅(おそ)くなっちゃった。
早(はや)く帰(かえ)りたかったのに・・・
a ～ a、ko.n.na.ni.o.so.ku.na.c.cha.t.ta。
ha.ya.ku.ka.e.ri.ta.ka.t.ta.no.ni

別碎碎唸了！

*ぶつぶつ言(い)わない！
bu.tsu.bu.tsu.i.wa.na.i

＊遅(おそ)くなっちゃった：延遲了。遅(おそ)くなってしまった的口語。
＊ぶつぶつ：小聲地碎碎唸，在口中喃喃自語。

別理我、別管我！① 153

▶ もう放(ほう)っておいて！ [mo.o.ho.o.t.te.o.i.te]

別生氣了啦，來這裡嘛！

＊いい加減機嫌直(かげんきげんなお)して、こっちへおいでよ。

i.i.ka.ge.n.ki.ge.n.na.o.shi.te、ko.c.chi.e.o.i.de.yo

走開，別管我啦！

私(わたし)のことはもう▸放(ほう)っておいて！

wa.ta.shi.no.ko.to.wa.mo.o.ho.o.t.te.o.i.te

＊いい加減(かげん)：①剛好的程度、範圍②不徹底、不負責任、沒有根據③很～。左邊的例句為①的意思，表示差不多該氣完了吧！的意思。

COLUMN

私(わたし)のこと：我。

也會說彼(かれ)のこと、彼女(かのじょ)のこと，但不會將「のこと」翻譯出來。

別管我！② 154

▶ ほっといて！ [ho.t.to.i.te]

你也稍微整理一下房間嘛！

＊もう少(すこ)し部屋(へや)を片付(かたづ)けなさいよ。

mo.o.su.ko.shi.he.ya.o.ka.ta.zu.ke.na.sa.i.yo

少囉嗦！別管我啦！

＊うるさいなあ！▸ほっといてよ！

u.ru.sa.i.na.a! ho.t.to.i.te.yo

＊もう少(すこ)し：稍微、一點。

＊うるさい：吵、煩。

句型分析

● ほっといて：放著別管。ほっておいて的口語。「てお」快速的唸過時轉變為「と」。補充：おいとく（放在這裡）為おいておく的口語。

別發牢騷！ 155

▶ 文句言うな！ [mo.n.ku.i.u.na]

啥～要住這麼破爛的旅館啊？

え～、こんな*ぼろい旅館に*泊まるの？

e ～、ko.n.na.bo.ro.i.ryo.ka.n.ni.to.ma.ru.no

別發牢騷了！預算已經很吃緊了！

文句*言うな！
予算*ぎりぎりなん*だから。

mo.n.ku.i.u.na! yo.sa.n.gi.ri.gi.ri.na.n.da.ka.ra

＊ぼろい：①很輕鬆不太花力氣就賺到很多錢。例如：ぼろい商売②寒酸、破爛的。在此為②形容旅館很破爛。

＊泊まる：①出差、出遊時在外過夜住宿。②船隻停靠岸邊。在此為①的意思。

＊言うな：不要説！言う的否定命令形。

＊ぎりぎり：快到極限了，沒有餘裕很緊迫的樣子。

＊だから：①因為②發語詞。在此為①的意思。

你才沒資格說我咧！ 156

▶ あなたにだけは言われたくない

[a.na.ta.ni.da.ke.wa.i.wa.re.ta.ku.na.i]

你還是減肥一下比較好吧？

少し*痩せ▸た方がいいんじゃないの？

su.ko.shi.ya.se.ta.ho.o.ga.i.i.n.ja.na.i.no

你才沒資格說我咧！

▸あなたにだけは▸言われたくない！

a.na.ta.ni.da.ke.wa.i.wa.re.ta.ku.na.i

＊瘦せる：變瘦。

不用說我也知道 157

▶言われなくてもわかってる

[i.wa.re.na.ku.te.mo.wa.ka.t.te.ru]

就是平常不用功，考試才會滿江紅！

＊日頃からちゃんと勉強しないから＊赤点取るのよ！

hi.go.ro.ka.ra.cha.n.to.be.n.kyo.o.shi.na.i.ka.ra.a.ka.te.n.to.ru.no.yo

這點事不用你說我也知道！

そんなこと、言われなくてもわかってるよ！

so.n.na.ko.to、i.wa.re.na.ku.te.mo.wa.ka.t.te.ru.yo

＊日頃：平常。

＊赤点取る：不及格，成績滿江紅。特別注意用的是動詞取る。

注意 **わかってる**：知道，わかっている的口語。

因為別人而知道某事，當下知道了會回答「わかった」；當別人告知自己本身已經知道的事情時，則會回答「わかっている」。不過說「わかっている」時要小心自己的語氣，不然會給人不耐煩的感覺喔！

句型分析

- **～た方がいい**：做～比較好。動詞過去式＋た方がいい是建議人做某事比較好時的固定用法。
- **あなたにだけ**：特別是你。
- **言われたくない**：不想被這樣說。

♪ 03-16

不耐煩

我不是說過了嘛！ 158

▶ だから言(い)ったのに！ [da.ka.ra.i.t.ta.no.ni]

淋到雨了啦！

雨(あめ)に降(ふ)られちゃったよ。
a.me.ni.fu.ra.re.cha.t.ta.yo

早就說過叫你帶傘了嘛！

*だから傘(かさ)を持(も)っていった方(ほう)がいいって言(い)った▸のに！
da.ka.ra.ka.sa.o.mo.t.te.i.t.ta.ho.o.ga.i.i.t.te.i.t.ta.no.ni

*だから：①因為 ②發語詞。在此為②發語詞。 *傘(かさ)：雨傘。

講了這麼多，你還不懂嗎？ 159

▶ これだけ言(い)ってもわからないの？
[ko.re.da.ke.i.t.te.mo.wa.ka.ra.na.i.no]

講了這麼多，你還不懂嗎？ 我不想管了啦！

▸これだけ言(い)ってもわからないの？
▸もう知らない！
ko.re.da.ke.i.t.te.mo.wa.ka.ra.na.i.no?
mo.o.shi.ra.na.i

就跟你說過了！ 160

▶言(い)ったでしょ！ [i.t.ta.de.sho]

下次幫妳介紹好對象。

今度(こんど)いい人(ひと)紹介(しょうかい)してあげる。

ko.n.do.i.i.hi.to.sho.o.ka.i.shi.te.a.ge.ru

就跟你說過了！我對戀愛一點興趣都沒有！

言(い)ったでしょ！

私(わたし)、恋愛(れんあい)には興味(きょうみ)がないの！

i.t.ta.de.sho!

wa.ta.shi、re.n.a.i.ni.wa.kyo.o.mi.ga.na.i.no

注意

でしょ與でしょう

都是尋求認同時的說法。但表現出來的語感並不相同。

でしょう語尾上揚且是敬語。

でしょ語尾下降，不是非常有禮貌的反問，「不是～嗎？！」，親近的友人間會使用，但對長輩、上司、不熟的朋友之間不宜使用。

句型分析

- **のに**：在此為表達不滿之意。
- **これだけ**：①特定的事物②表示這樣的程度、範圍③強調程度、範圍。在此為③強烈表示我已經說到這樣的程度了，還是無法改變你的語氣。
- **もう**：①已經②再度。在此為①已經之意。
- **～てあげる**：幫你～。動詞て型＋あげる是自己為對方做什麼事的常用句型，有上對下的語感。

同樣的事別讓我一講再講！ 161

▶同(おな)じ事(こと)を何度(なんど)も言(い)わせるな！

[o.na.ji.ko.to.o.na.n.do.mo.i.wa.se.ru.na]

你偶爾也整理一下房間呀！同樣的事到底要我講幾遍！

▸たまには部屋(へや)を片付(かたづ)け▸なさい！同(おな)じ事(こと)を何度(なんど)も*言(い)わせるな！

ta.ma.ni.wa.he.ya.o.ka.ta.zu.ke.na.sa.i!
o.na.ji.ko.to.o.na.n.do.mo.i.wa.se.ru.na

*言(い)わせる：讓我說。言(い)う的使役形。

等得我累死啦！ 162

▶待(ま)ちくたびれたよ！ [ma.chi.ku.ta.bi.re.ta.yo]

抱歉抱歉、我遲到了！

悪(わる)い悪(わる)い、遅(おく)れちゃった。

wa.ru.i.wa.ru.i、o.ku.re.cha.t.ta

等得我累死了啦！你到底要我等多久才甘心啊？

*待(ま)ちくたびれたよ！▸どれだけ人(ひと)を*待(ま)たせ*りゃ▸気(き)が済(す)むの？

ma.chi.ku.ta.bi.re.ta.yo! do.re.da.ke.hi.to.o.ma.ta.se.rya.ki.ga.su.mu.no

*待(ま)ちくたびれる：等得我累死了。
待(ま)つ＋くたびれる→待(ま)ちくたびれる
*待(ま)たせる：讓～等。待(ま)つ的使役形。
*りゃ：「れば」的諧音變化而成的口語。待(ま)たせれば→待(ま)たせりゃ。

到底要（花）多久時間 163

▶いつまでかかってるの [i.tsu.ma.de.ka.ka.t.te.ru.no]

不過買一件衣服、到底要花多久時間啊？

*服（ふく）1着（いっちゃく）買（か）うのに、▶いつまで*かかってるの！

fu.ku.i.c.cha.ku.ka.u.no.ni、i.tsu.ma.de.ka.ka.t.te.ru.no

可是我決定不了嘛！

だって、*決（き）められないんだもん。

da.t.te、ki.me.ra.re.na.i.n.da.mo.n

*服（ふく）1着（いっちゃく）：一套衣服。

*かかってる：花（時間、金錢）かかっている的口語。

*決（き）められない：無法決定。決（き）める的否定可能形。

注意 **だって**

だって放在句末有聽説的意思，放句首時則是「因為」，如上面的例句，這種説法會給人帶點孩子氣的感覺，所以只用於親近的人喔！

だもん：だもの的口語。相當於我們很常説的「～嘛！」

だって～だもん：因為～嘛！是對親近的人説明理由時很常用的句型。

句型分析

- **たまには**：偶而。
- **～なさい**：請～，帶有柔性命令、強力勸說的語感。
- **どれだけ**：要到什麼樣的程度才～。
- **気（き）が済（す）む**：過癮、滿足。
- **いつまで**：到什麼時候。いつ：何時。まで：終了、盡頭、程度。

吵什麼吵！ 164

▶ なにをキャーキャー騒(さわ)いでるの！

[na.ni.o.kya.a.kya.a.sa.wa.i.de.ru.no]

呀(尖叫)～快看！有外景隊來校園拍攝耶！嵐(ARASHI)的成員全都來了！呀(尖叫)～

キャー！見(み)て！校庭(こうてい)に*ロケ隊(たい)が来(き)てるよ！うそー！*嵐(あらし)の*メンバーが全員(ぜんいん)いる！キャー！

kya.a! mi.te! ko.o.te.i.ni.ro.ke.ta.i.ga.ki.te.ru.yo! u.so.o! a.ra.shi.no.me.n.ba.a.ga.ze.n.i.n.i.ru! kya.a

吵什麼吵！現在是上課中！

なにを*キャーキャー騒(さわ)いでるの！今(いま)は*授業中(じゅぎょうちゅう)ですよ！

na.ni.o.kya.a.kya.a.sa.wa.i.de.ru.no! i.ma.wa.ju.gyo.o.chu.u.de.su.yo

*ロケ隊(たい)：外拍攝影團隊。ロケ是ロケーション(location)・ハンティング(hunting)（戶外攝影）的縮寫，外來語。

*嵐(あらし)：①暴風雨②時代劇烈的變動。在此為日本傑尼斯男子偶像團體嵐。

*メンバー(member)：成員、陣容。

*キャーキャー：尖叫聲。

*授業中(じゅぎょうちゅう)：上課中。

安靜！ 165

▶ 静(しず)かに！ [shi.zu.ka.ni]

好吵！安靜！

うるさい！静(しず)かに▸しなさい！

u.ru.sa.i! shi.zu.ka.ni.shi.na.sa.i

光說不練！ 166

▶ 口先（くちさき）ばっかり！ [ku.chi.sa.ki.ba.k.ka.ri]

有一天我一定會在夏威夷買棟別墅給你！

いつかハワイに＊別荘（べっそう）▸買（か）ってやるから。
i.tsu.ka.ha.wa.i.ni.be.s.so.o.ka.t.te.ya.ru.ka.ra

光說不練！

＊口先（くちさき）＊ばっかり！
ku.chi.sa.ki.ba.k.ka.ri

＊別荘（べっそう）：別墅。　＊口先（くちさき）：嘴上說說。

＊ばっかり：全是、都是。ばかり的口語。

快滾吧！ 167

▶ さっさと帰（かえ）れ！ [sa.s.sa.to.ka.e.re]

真是澳客。

イヤな客（きゃく）ね。
i.ya.na.kya.ku.ne

快滾吧！

＊さっさと＊帰（かえ）れ！
sa.s.sa.to.ka.e.re

＊さっさと：趕快、催促他人。　＊帰（かえ）れ：回去。帰（かえ）る的命令形。

句型分析

- ～しなさい：請～，帶有柔性命令、強力勸說的語感。
- 買（か）ってやる：買給你。～てやる有上對下的語感。

惹人厭！ 168

▶ 顰蹙（ひんしゅく）！ [hi.n.shu.ku]

課長在開會的時候傳簡訊耶！

課長（かちょう）*ったら、*会議中（かいぎちゅう）にメールしてる！

ka.cho.o.t.ta.ra、ka.i.gi.chu.u.ni.me.e.ru.shi.te.ru

真是討厭！

*顰蹙（ひんしゅく）！

hi.n.shu.ku

＊～ったら：～呀。跟對方講話時的一種發語詞，相當於我們請人幫忙時說的，那個誰「呀」幫我一下好嗎？、妹妹「呀」過來一下好嗎？

＊会議中（かいぎちゅう）：開會中。　＊メール（mail）：電子郵件、簡訊。

＊顰蹙（ひんしゅく）：討厭，內心嫌惡時皺眉的樣子。

又不是三歲小孩！ 169

▶ 子（こ）どもじゃあるまいし！ [ko.do.mo.ja.a.ru.ma.i.shi]

一個人我感到很不安，你陪我去好不好？

一人（ひとり）じゃ不安（ふあん）だな。付（つ）いてきてくれない？

hi.to.ri.ja.fu.a.n.da.na。tsu.i.te.ki.te.ku.re.na.i

又不是三歲小孩！不過是機場而已，自己去啦。

子（こ）どもじゃあるまいし！空港（くうこう）ぐらい一人（ひとり）で行（い）って来（き）なさいよ。

ko.do.mo.ja.a.ru.ma.i.shi! ku.u.ko.o.gu.ra.i.hi.to.ri.de.i.t.te.ki.na.sa.i.yo

聽都聽膩了

170

▶ *耳(みみ)*タコ

[mi.mi.ta.ko]

我男朋友在大學時是學生組的滑雪冠軍喔！很厲害吧！而且他還打工當過模特兒呢…

私(わたし)の彼(かれ)、大学(だいがく)の時(とき)に*スキーの学生(がくせい)*チャンピオンだったんだよ。すごいでしょ。▸しかも*モデルの*バイトもしてて・・・

wa.ta.shi.no.ka.re、da.i.ga.ku.no.to.ki.ni.su.ki.i.no.ga.ku.se.i.cha.n.pi.o.n.da.t.ta.n.da.yo。su.go.i.de.sho。shi.ka.mo.mo.de.ru.no.ba.i.to.mo.shi.te.te

啊～真受不了！我已經聽膩了妳這些捧男友的話了啦！

あー*もう！あんたの*彼氏自慢(かれしじまん)は耳(みみ)タコですから！

a.a.mo.o! a.n.ta.no.ka.re.shi.ji.ma.n.wa.mi.mi.ta.ko.de.su.ka.ra

*スキー(ski)：滑雪。　*チャンピオン(champion)：冠軍。

*モデル(modle)：模特兒。　*バイト(arbeit)：打工。アルバイト的省略語。

*もう：語助詞。生氣、不耐煩時一開口常會說もう然後開始抱怨，相當於我們常說的「齁！」。

*彼氏自慢(かれしじまん)：對自己的男友很自豪，常向人吹噓的行為。

*耳(みみ)タコ：聽到耳朵都要長繭了。（タコ：長繭。「耳(みみ)にタコができる」的省略說法。）

句型分析

● ぐらい：表程度之低，在此翻譯為「而已」。

● しかも：而且。正負面場合皆適用。

真受不了你！ 171

▶まっったくもう！ [ma.t.ta.ku.mo.o]

咦？鑰匙放哪我忘了？

＊あれ？鍵（かぎ）どこに置（お）いた＊っけ？

a.re? ka.gi.do.ko.ni.o.i.ta.k.ke

真受不了你！又忘了嗎？

＊まったく＊もう！また忘（わす）れたの？

ma.t.ta.ku.mo.o! ma.ta.wa.su.re.ta.no

＊**あれ？**：咦？表疑問的發語詞。

＊**～っけ**：用於突然想到什麼或確認對方意思時。語助詞，本身無意義。

＊**まったく**：①完全②真是的！在此為②的意思。

＊**もう**：語助詞。生氣、不耐煩時一開口常會說**もう**然後開始抱怨，相當於我們常說的「齁！」。

注意 **また**

又、再度。跟また很像的「**まだ**」表示還沒有、尚未的意思，不要搞混囉！

沒看到嗎？

172

▶ 目(め)に入(はい)らないの？ [me.ni.ha.i.ra.na.i.no]

你們沒看到這個禁煙標示嗎？

あなたたち、この*禁煙(きんえん)マークが*目(め)に入(はい)らないんですか？

a.na.ta.ta.chi、ko.no.ki.n.e.n.ma.a.ku.ga.me.ni.ha.i.ra.na.i.n.de.su.ka

＊禁煙(きんえん)マーク：禁菸標誌。マーク(mark)（標誌）

＊目(め)に入(はい)らない：沒看見。目(め)に入(はい)る的否定形。

♪ 03-17

別多管閒事

別雞婆、別多管閒事 173

▶ 出(で)る幕(まく)じゃない [de.ru.ma.ku.ja.na.i]

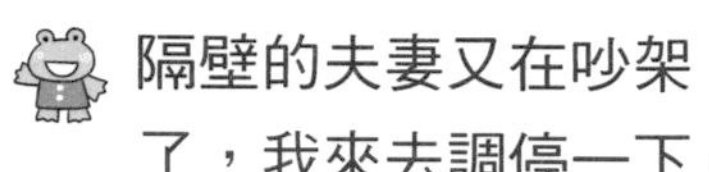

隔壁的夫妻又在吵架了，我來去調停一下。

＊お隣(となり)さん、また＊夫婦(ふうふ)げんかしてる。ちょっと私(わたし)が＊仲裁(ちゅうさい)してくる。

o.to.na.ri.sa.n、ma.ta.fu.u.fu.ge.n.ka.shi.te.ru。
cho.t.to.wa.ta.shi.ga.chu.u.sa.i.shi.te.ku.ru

你少雞婆了，別管人家的事！

あんたの＊出(で)る幕(まく)じゃない＊だろ！

▸ほっとけばいいよ！

a.n.ta.no.de.ru.ma.ku.ja.na.i.da.ro!
ho.t.to.ke.ba.i.i.yo

＊お隣(となり)さん：鄰居。　＊夫婦喧嘩(ふうふげんか)：夫妻吵架。　＊仲裁(ちゅうさい)：調停、評理。
＊出(で)る幕(まく)：出場、登場。　＊だろ：徵求對方同意、反問時常用。だろう的口語。

別多嘴！ 174

▶ 口出しするな [ku.chi.da.shi.su.ru.na]

我們家小孩被加藤的小孩弄傷了，我要去找加藤太太理論！

＊うちの子が加藤さんのところの子どもに＊けがさせられたのよ。加藤さんに文句▸言ってくる！

u.chi.no.ko.ga.ka.to.o.sa.n.no.to.ko.ro.no.ko.do.mo.ni.ke.ga.sa.se.ra.re.ta.no.yo。ka.to.o.sa.n.ni.mo.n.ku.i.t.te.ku.ru

小孩之間的紛爭，家長別老是這麼多嘴！

＊子ども同士のけんかに、＊いちいち＊親が＊口出しするな！

ko.do.mo.do.o.shi.no.ke.n.ka.ni、i.chi.i.chi.o.ya.ga.ku.chi.da.shi.su.ru.na

＊**口出しする**：插嘴、多嘴。　＊**うちの子**：我家的孩子、我的孩子。
＊**けがさせられた**：被弄傷了。けがする的使役受身形。
＊**子ども同士**：小孩子們。　＊**いちいち**：每樣都、一一都。
＊**親**：①父母②房東③打麻將時的莊家。在此為①的意思。

句型分析

- **ほっとけば**：放著不管的話。ほっておけば的口語。
- **言ってくる**：去說（再回來）。

例句：トイレに行ってくる。（去一下洗手間再回來。）

別插手、別干預 175

▶ 手出しするな [te.da.shi.su.ru.na]

不是這樣、要這樣才對。

そうじゃなくって、こうするの。
so.o.ja.na.ku.t.te、ko.o.su.ru.no

別插手嘛！我想自己做！

余計な*手出ししないで！
自分でやりたいの！
yo.ke.i.na.te.da.shi.shi.na.i.de!
ji.bu.n.de.ya.ri.ta.i.no

＊手出し：①插手、介入②出手、下手 ③ 照顧。在此為①的意思。

請你少管閒事！ 176

▶ お構いなく！ [o.ka.ma.i.na.ku]

也許是我多管閒事，但在小孩面前吵架不太好喔。

*余計なことかもしれないけど、子どもの前でけんかはよくないですよ。
yo.ke.i.na.ko.to.ka.mo.shi.re.na.i.ke.do、ko.do.mo.no.ma.e.de.ke.n.ka.wa.yo.ku.na.i.de.su.yo

我家的事就請你少管，和你一點關係也沒有吧！

うちのことは、どうぞお構いなく！
*お宅には関係ないでしょう。
u.chi.no.ko.to.wa、do.o.zo.o.ka.ma.i.na.ku!
o.ta.ku.ni.wa.ka.n.ke.i.na.i.de.sho.o

＊余計：多餘的、非自己分內的。

＊お宅：①你（別人）家、家庭②你（別人）的公司③對某事特別熱衷的人。在此為①的意思。

COLUMN

お構いなく：沒關係。

當對方跟你表達謝意時，跟他説聲どうぞお構いなく、お構いませんよ、どういたしまして表示沒關係、不用客氣，是一種很有禮貌的説法。

左邊的例句是覺得跟你沒有關係，拜託你別管好嗎！這樣的語氣，是滿不客氣的説法喔！

這是我的事！ 177

▶ 私の勝手 [wa.ta.shi.no.ka.t.te]

這個男生看起來一副窮酸樣耶～

＊ずいぶん＊みすぼらしい感じの男性ね～。

zu.i.bu.n.mi.su.bo.ra.shi.i.ka.n.ji.no.da.n.se.i.ne

我要喜歡誰是我的事！

私が誰を▸好きになろうと、私の＊勝手でしょ！

wa.ta.shi.ga.da.re.o.su.ki.ni.na.ro.o.to、wa.ta.shi.no.ka.t.te.de.sho

＊ずいぶん：很，副詞。　　＊みすぼらしい：窮酸。

＊勝手：隨自己的喜好決定，帶點任性。

句型分析

● 好きになろう：想喜歡～。好きになる的意志形。

有意見嗎？ 178

▶ 何か文句ある？ [na.ni.ka.mo.n.ku.a.ru]

你那是什麼表情？有意見嗎？
なにその*顔は？何か文句ある？
na.ni.so.no.ka.o.wa? na.ni.ka.mo.n.ku.a.ru

沒有、沒什麼意見。
いいえ、別に何も。
i.i.e、be.tsu.ni.na.ni.mo

*顔：臉、臉色、表情。在此為表情。

愛管閒事！① 179

▶ おせっかい！ [o.se.k.ka.i]

我已經拜託阿姨幫妳找相親對象了。
おばさんにあんたの*お見合い相手を捜すようう頼んでおいたから。
o.ba.sa.n.ni.a.n.ta.no.o.mi.a.i.a.i.te.o.
sa.ga.su.yo.o. ta.no.n.de.o.i.ta.ka.ra

你真是愛管閒事！
*おせっかい！
o.se.k.ka.i

*お見合い：相親。 *おせっかい：多管閒事的行為，或指多管閒事的人。

句型分析

● ～よう：希望對方幫自己做某事的常用句型。

多管閒事！② 180

▶ 余計な（大きな）お世話！

[yo.ke.i.na. (o.o.ki.na) o.se.wa]

姊姊妳就是這樣的個性，才會交不到男朋友啦！

お姉ちゃんはそういう性格だから、彼氏ができないのよ。

o.ne.e.cha.n.wa.so.o.i.u.se.i.ka.ku.da.ka.ra、ka.re.shi.ga.de.ki.na.i.no.yo

要妳管！妳沒資格說我啦～囉嗦！

*余計な*お世話よ！*あんたに*言われる*筋合いはない*っつーの！

yo.ke.i.na.o.se.wa.yo! a.n.ta.ni.i.wa.re.ru.su.ji.a.i.wa.na.i.t.tsu.u.no!

*余計な：多餘的、非自己份內的。　*お世話：關照、照顧。

*あんた：你。不是非常有禮貌的說法，比較適合親近的友人、兄弟姊妹之間，用在這以外的人身上恐怕會引起人反感。

*言われる：被說。　*筋合い：道理、確切的根據。

注意　っつーの：①輕微斷定②詢問③強調。在此為③強調的意思。
是這樣變化而來的：～というの→っていうの→って～の→っつーの

句型分析

● 別に何も：沒什麼（意見）。別に何もありません的縮語。

♪ 03-18

我很困擾！

別催我！ 181

▶ 急(いそ)がせないでよ！ [i.so.ga.se.na.i.de.yo]

還沒好嗎？

▸まだなの？
ma.da.na.no

別催我嘛！

そう＊急(いそ)がせないでよ！
so.o.i.so.ga.se.na.i.de.yo

＊急(いそ)がせる：催促。

真糟！ 182

▶ 最悪(さいあく)！ [sa.i.a.ku]

據說因為颱風的影響，東海道新幹線下午開始全線停駛。

台風(たいふう)の影響(えいきょう)で＊東海道新幹線(とうかいどうしんかんせん)は午後(ごご)から＊全線運休(ぜんせんうんきゅう)▸だって。
ta.i.fu.u.no.e.i.kyo.o.de.to.o.ka.i.do.o.shi.n.ka.n.se.n.wa.
go.go.ka.ra.ze.n.se.n.u.n.kyu.u.da.t.te

什麼？真糟糕！那旅遊行程怎麼辦？

えーっ、最悪(さいあく)！旅行(りょこう)はどうなるの？

e.e、sa.i.a.ku! ryo.ko.o.wa.do.o.na.ru.no

＊東海道新幹線(とうかいどうしんかんせん)：日本東海道新幹線，連接東京與新大阪。

＊全線運休(ぜんせんうんきゅう)：全線停止運行、載客。

你也替我想想吧！ 183

▶ こっちの身(み)にもなってよ！

[ko.c.chi.no.mi.ni.mo.na.t.te.yo]

我這星期日也要去釣魚，清晨3 點叫我起床，便當也拜託妳囉！

今度(こんど)の＊日曜(にちよう)も▸釣(つ)りに行(い)くから。朝(あさ) 3 時(さんじ)に起(お)こして。弁当(べんとう)も＊よろしく。

ko.n.do.no.ni.chi.yo.o.mo.tsu.ri.ni.i.ku.ka.ra。a.sa.sa.n.ji.ni.o.ko.shi.te。be.n.to.o.mo.yo.ro.shi.ku

你好歹也替我想想好嗎？

少(すこ)しは＊こっちの▸身(み)にもなってよ！

su.ko.shi.wa.ko.c.chi.no.mi.ni.mo.na.t.te.yo

＊日曜(にちよう)：星期天，日曜日(にちようび)的省略語，口語中很常使用。

＊よろしく：（拜託別人幫忙時）麻煩了。也常用在初次見面時的請多多指教上。

＊こっち：這邊、我。「こちら」的口語。

句型分析

● まだ：還沒、尚未。

● だって：放在句末，在此表示「聽說」。

● 釣(つ)りに行(い)く：去釣魚。

● 身(み)になる：①對～有幫助②站在某人的立場③想著某人。在此為②站在某人的立場之意。

別為難我！ 184

▶困らせないで [ko.ma.ra.se.na.i.de]

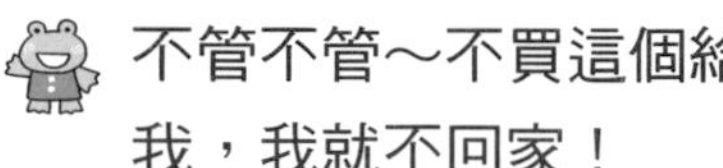

不管不管～不買這個給我，我就不回家！

*いやだいやだ！
これ買ってくれなきゃ帰らない！
i.ya.da.i.ya.da!
ko.re.ka.t.te.ku.re.na.kya.ka.e.ra.na.i

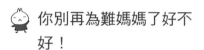

你別再為難媽媽了好不好！

▸これ以上お母さんを▸困らせないでよ！
ko.re.i.jo.o.o.ka.a.sa.n.o.ko.ma.ra.se.na.i.de.yo

*いやだ：不要、不管、討厭。

到底如何快決定！ 185

▶はっきりして [ha.k.ki.ri.shi.te]

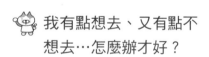

我有點想去、又有點不想去…怎麼辦才好？

行きたい▸ような、行きたくないような。どうしよう*かな・・・
i.ki.ta.i.yo.o.na、i.ki.ta.ku.na.i.yo.o.na。
do.o.shi.yo.o.ka.na

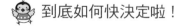

到底如何快決定啦！

*はっきりしてよ！
ha.k.ki.ri.shi.te.yo

*かな：呢？疑問詞，日常生活用語，較不適合用於正式場合。
*はっきり：明確地、清楚地。

別裝模作樣的

186

▶ もったいぶらないで [mo.t.ta.i.bu.ra.na.i.de]

怎麼辦？去講好了，嗯還是別講好了。

どうしようかな、*言おうかな、やっぱりやめとこうかな。
do.o.shi.yo.o.ka.na、i.o.o.ka.na、ya.p.pa.ri.ya.me.to.ko.o.ka.na

別裝模作樣了，快說啊！

*もったいぶらないで、言ってよ！
mo.t.ta.i.bu.ra.na.i.de、i.t.te.yo

＊言おう：想説。言う的意志形。

＊もったいぶる：裝模作樣、擺架子。

句型分析

- これ以上～：到了這個程度就夠了。是一種提醒、警告對方某些人事物已經到達限度了的語感。
- 困らせないで：不要造成我的困擾！困る的否定命令形。
- ような：像～一樣。左邊的例句意思為好像有點想要去的樣子，又好像不想去的樣子。
- やめとこう：不做某事。
  やめておく→やめておこう（可能形）→やめとこう（口語）

很壞！ 187

▶ 意地悪（いじわる）！ [i.ji.wa.ru]

我買了好吃的蛋糕來喔！

おいしい＊ケーキ買（か）ってきたよ。
o.i.shi.i.ke.e.ki.ka.t.te.ki.ta.yo

你很壞耶！明知道我正在減肥！

＊意地悪（いじわる）！ 私（わたし）が今（いま）＊ダイエット中（ちゅう）だって知（し）ってる＊くせに！
i.ji.wa.ru!wa.ta.shi.ga.i.ma.da.i.e.t.to.chu.u.da.t.te.shi.t.te.ru.ku.se.ni

＊ケーキ（cake）：蛋糕。
＊ダイエット（diet）：節食。
＊意地悪（いじわる）：很壞心、心地不好。
＊くせに：明明～還～。

今日から私、
ダイエットする！
今天開始節食減肥

じゃあその前に
すごくお得な
ランチバイキングに
行っておこうよ！
在那之前先去吃
個超划算的午餐
buffet吧！
そーね♥
好~耶♥

え～、ダイエット？
喂？減肥？
そう？
小雀就是要肉肉
的才可愛呀！
すずめさんは
ぽっちゃりしてる方が
絶対かわいいのに！

なぜかみんな
友だちのダイエット宣言には
非協力的なのよね…
為什麼減肥時朋友都幫倒忙！
パク
嚼
パク
嚼
前より
太っちゃったん
ですけど…
變得比以前
更胖了…

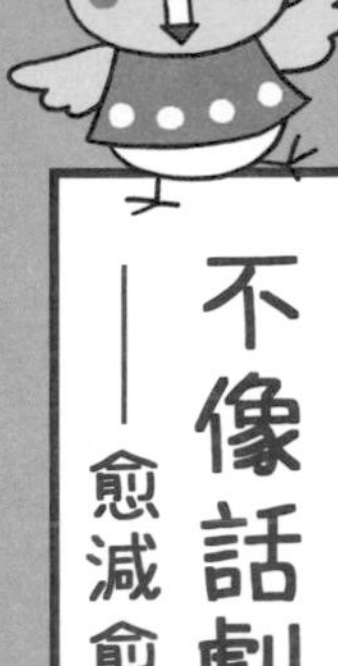
不像話

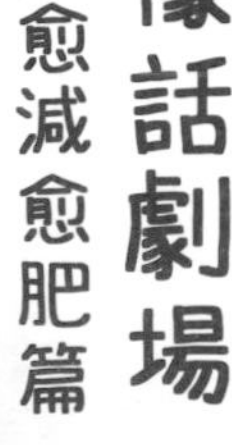
不像話劇場
——愈減愈肥篇

不像話

♪ 03-19

小氣鬼

小氣鬼！① 188

▶ けち！ [ke.chi]

連10 塊錢我都不會再借給你！

もうあんたには10円でも貸さない！

mo.o.a.n.ta.ni.wa.ju.u.e.n.de.mo.ka.sa.na.i

小氣鬼！

＊けち！

ke.chi

＊けち：小氣鬼。

吝嗇、小氣 ② 189

▶ みみっちい！ [mi.mi.c.chi.i]

主辦人告訴我，每一塊錢都要和大家算清楚。

＊1円単位まで＊きちんと＊割り勘しろって、＊幹事に言われた。

i.chi.e.n.ta.n.i.ma.de.ki.chi.n.to.wa.ri.ka.n.shi.ro.t.te、ka.n.ji.ni.i.wa.re.ta

哇～也太計較了吧！

うわー、みみっちい！

u.wa.a、mi.mi.c.chi.i

＊1円単位：以一圓為單位。1円単位まで是指連一塊錢都要。

＊きちんと：仔細地、確實地。　　＊割り勘：分開算。

＊幹事：幹部。

吝嗇鬼、小氣鬼 ③　190

▶しみったれ [shi.mi.t.ta.re]

客人的料理就給最便宜一人3000 圓的就好了。

お客さんの料理は一番安い一人3000円のでいいから。

o.kya.ku.sa.n.no.ryo.o.ri.wa.i.chi.ba.n.ya.su.i.hi.to.ri.sa.n.ze.n.e.n.no.de.i.i.ka.ra

好吝嗇…

＊しみったれてるなあ・・・

shi.mi.t.ta.re.te.ru.na.a

＊しみったれ：小氣鬼。

最便宜的就可以了
一番安いのでいいよ
ハイ…
好…
お金持ちのくせにしみったれてる～！
や～ね～
那麼有錢了還那麼小氣真討厭
パーティメニュー

句型分析

● ～でも～ない：即使是…也不…

例句：送っても要らない。（送我我也不要。）

● ～に言われた：被對方這麼説、對方這麼跟我説。

奸詐、狡猾 191

▶ ずるい！ [zu.ru.i]

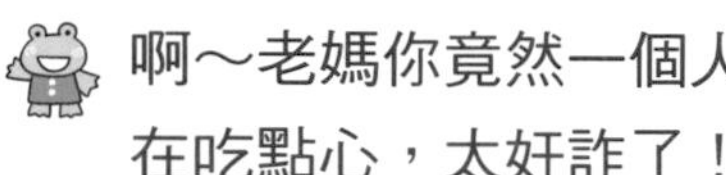

啊～老媽你竟然一個人在吃點心，太奸詐了！

あーっ！お母(かあ)さんだけ＊お菓子(かし)食(た)べてずるい！

a.a! o.ka.a.sa.n.da.ke.o.ka.shi.ta.be.te.zu.ru.i

被你發現了啊！好啦好啦、分你就是啦！

▸見(み)つかっちゃった。わかったわよ、あんたにもあげるから。

mi.tsu.ka.c.cha.t.ta。wa.ka.t.ta.wa.yo、a.n.ta.ni.mo.a.ge.ru.ka.ra

＊お菓子(かし)：點心。

句型分析

● **見(み)つかっちゃった**：被發現了。見(み)つかってしまった的口語。

情和義值千金！
ねえねえ、かえるちゃんの好きなん,誰？
喂喂小蛙妳喜歡的人是誰啊？
えー、恥ずかしい…
蛤～我會不好意思啦…
私も教えるから！絶対誰にも言わないから！
那我也跟你說我喜歡誰，而且我絕對不會跟別人說妳的秘密！
じゃあ…
嗯～
GIRL'S TALK…
あのね、同じクラスの翼くん♥
其實是同班的小翼♥
ごにょ
嘀嘀
ごにょ
噥噥
ふーん、やっぱりそうだったんだ
喔～果然是～
じゃあね～
掰～
あ!! 急用を思い出した！
啊！我想起來我還有急事！
ぴゃ～
咻～
ちょっと！
喂～！
ずるい！
太奸詐了！
私にだけ言わせておいて！
妳快跟我說啦！
不像話劇場——女孩的友誼

♪ 03-20

討厭！

好噁心！ 192

▶ キモい [ki.mo.i]

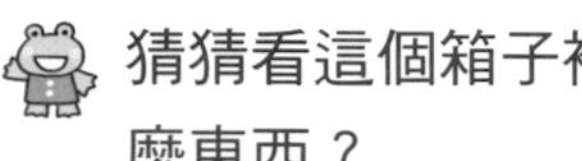

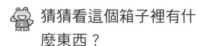

猜猜看這個箱子裡有什麼東西？

この箱の中には何が入っているか、＊当ててください。

ko.no.ha.ko.no.na.ka.ni.wa.na.ni.ga.ha.i.t.te.i.ru.ka、a.te.te.ku.da.sa.i

這是什麼呀～好噁心！怎麼濕濕黏黏的！

え～何これ？＊キモーい！なんか＊ぬるぬるしてる。

e ～ na.ni.ko.re? ki.mo.o.i! na.n.ka.nu.ru.nu.ru.shi.te.ru

＊当てる：①猜猜看②敲、打③符合④（彩券）中獎、抽中籤。在此為①的意思。

＊キモーい：噁心。

＊ぬるぬる：濕濕黏黏的。

噁心 193

▶ キショい [ki.sho.i]

聽說3 班的齊藤很喜歡千秋耶～

3組の斉藤くんが、千秋に*惚れてるってうわさだよ。
sa.n.ku.mi.no.sa.i.to.o.ku.n.ga、chi.a.ki.ni.ho.re.te.ru.t.te.u.wa.sa.da.yo

啥～別開玩笑了！那噁心的傢伙！

えーっ、冗談じゃないよ、あんな*キショいの！
e.e、jo.o.da.n.ja.na.i.yo、a.n.na.ki.sho.i.no

＊惚れる：著迷。

＊キショい：噁心。從「気色悪い」變化而來的。

土氣的、俗氣的 194

▶ ダサい、だっせー [da.sa.i、da.s.se.e]

你還真敢穿那麼俗氣的衣服來東京！

お前よく東京にそんなダサい格好で出て来れたな！
o.ma.e.yo.ku.to.o.kyo.o.ni.so.n.na.da.sa.i.ka.k.ko.o.de.de.te.ko.re.ta.na

沒關係，我走我的路線！

いいんだよ、俺は俺の道を行くんだから。
i.i.n.da.yo、o.re.wa.o.re.no.mi.chi.o.i.ku.n.da.ka.ra

COLUMN
年輕人常用的話。懊惱自己做了失敗的事時也會這麼說。例如：
だっせー、携帯持ってくるの忘れちゃったよ！（我真笨！又忘了帶手機出來了！）

GOOD!
がんばって
次へ
不動産
権利書

道歉

本当にすみませんでした！

土下座

關於道歉的用法本篇收錄3個單元。與人相處時難免會冒犯到對方，「すみません」當然是最常用的說法，但道歉的程度與場合也有輕重之分，應該依狀況選擇不同的說法，本章讓讀者能在適當的場合說出得體的日語，跟失禮的尷尬說掰掰！

♪ 04-01

對不起

對不起

195

▶ ごめんなさい [go.me.n.na.sa.i]

對不起！會不會痛？	＊ごめんなさい！痛(いた)くなかったですか？ go.me.n.na.sa.i! i.ta.ku.na.ka.t.ta.de.su.ka
不、不痛。	いえ、大丈夫(だいじょうぶ)です。 i.e、da.i.jo.o.bu.de.su

＊ごめんなさい：對不起。口語可以說ごめん。

補充：すみません：1. 對不起。2. 不好意思。3. 謝謝。用途較ごめんなさい廣。

我道歉

196

▶ 謝る [a.ya.ma.ru]

昨天是輪到你煮飯吧？	昨日はあなたが料理*当番だったでしょ！ ki.no.o.wa.a.na.ta.ga.ryo.o.ri.to.o.ba.n.da.t.ta.de.sho
啊～對喔…對不起，我道歉。	あっそうだった・・・ごめん、*謝るよ。 a.s.so.o.da.t.ta...go.me.n、a.ya.ma.ru.yo

＊当番：值班（的人）⇔ 非番：沒有值班的人。
＊謝る：道歉、賠不是、認錯。

對不起、不好意思 197

▶ すみません、すいません [su.mi.ma.se.n、su.i.ma.se.n]

啊、不好意思。

あ、*すいません。
a、su.i.ma.se.n

沒關係。

いえ、*こちらこそ。
i.e、ko.chi.ra.ko.so

*すいません：對不起。念得快一點 m 的音脱落，為すみません的口語，非正式用法。正式場合及寫文章時，要用すみません，比較有禮貌。

*こちらこそ：哪裡哪裡、我才是。こちら（我這邊）。こそ（才是）強調語氣。

例如：

A：初(はじ)めまして、どうぞよろしくお願(ねが)いします。（初次見面，請多指教。）

B：こちらこそ、よろしくお願(ねが)いします。（哪裡哪裡，請多指教。）

抱歉喔！ 198

▶ ごめんね [go.me.n.ne]

昨天真抱歉喔！我臨時有點事…

昨日(きのう)はごめんね。
急(きゅう)に予定(よてい)が入(はい)っちゃって。
ki.no.o.wa.go.me.n.ne。
kyu.u.ni.yo.te.i.ga.ha.i.c.cha.t.te

句型分析

●予定(よてい)が入(はい)る：有事。

抱歉！（歹勢！）① 199

▶ わりい [wa.ri.i]

歹勢歹勢！遲到了。

＊わりーわりー、遅(おく)れて。

wa.ri.i.wa.ri.i、o.ku.re.te

慢死了！

＊おっせーよ！

o.s.se.e.yo!

＊わりい：抱歉。わりい為悪(わる)い的口語表現。源自於日本山梨縣的方言（甲州弁(こうしゅうべん)）。男性用語。

＊おっせ：好慢！是遅(おそ)い的口語表現。男性用語。

抱歉！（歹勢！）② 200

▶ すまん [su.ma.n]

你昨天怎麼沒來？好歹也聯絡一下啊！

どうして昨日(きのう)来(こ)なかったんだよ。連絡(れんらく)＊ぐらい＊よこせよ。

do.o.shi.te.ki.no.o.ko.na.ka.t.ta.n.da.yo。re.n.ra.ku.gu.ra.i.yo.ko.se.yo

抱歉！我完全忘了這回事！

＊すまん！＊すっかり忘(わす)れてた。

su.ma.n!　su.k.ka.ri.wa.su.re.te.ta

＊ぐらい：（＝くらい）至少、最起碼，表示「程度」低的事物。

＊よこす：給我、對我。在此為聯絡一下我。

＊すまん：抱歉。すまん為すみません的口語表現。源自於大阪的方言。

＊すっかり：全部、完全，副詞。

♪ 04-02

給你添麻煩了

給您添麻煩了！ 201

▶ ご迷惑(めいわく)（ご面倒(めんどう)）をお掛(か)けしました

[go.me.i.wa.ku（go.me.n.do.o）o.o.ka.ke.shi.ma.shi.ta]

住院期間給大家添麻煩了，不好意思。

入院中(にゅういんちゅう)はみなさんに大変(たいへん)▸ご迷惑(めいわく)をお掛(か)けしました。

nyu.u.i.n.chu.u.wa.mi.na.sa.n.ni.ta.i.he.n.go.me.i.wa.ku.o.o.ka.ke.shi.ma.shi.ta

沒什麼啦。那你已經康復了嗎？

▸いいんですよ、そんなこと。もう大丈夫(だいじょうぶ)なんですか？

i.i.n.de.su.yo、so.n.na.ko.to。mo.o.da.i.jo.o.bu.na.n.de.su.ka

非常抱歉 202

▶ 失礼(しつれい)いたしました [shi.tsu.re.i.i.ta.shi.ma.shi.ta]

啊！非常抱歉！

あっ！大変(たいへん)*失礼(しつれい)▸いたしました！

a! ta.i.he.n.shi.tsu.re.i.i.ta.shi.ma.shi.ta

＊失礼的使用場合：

①告辭、再見。

例句：お先に失礼します。（我先告辭了）

例句：（掛電話時）じゃ、失礼します。（那麼，再見）

②表示歉意、詢問、請求他人協助時的客氣用語。

例句：失礼ですが、お名前は？（不好意思，請問您貴姓？）

下次不敢了 203

▶ 二度としません [ni.do.to.shi.ma.se.n]

對不起。我下次不會再欺負弱小了。

ごめんなさい。
＊二度と弱い者＊いじめはしません。

go.me.n.na.sa.i。
ni.do.to.yo.wa.i.mo.no.i.ji.me.wa.shi.ma.se.n

你說的喔！

約束＊よ！

ya.ku.so.ku.yo

＊二度と：再也，後接常否定句。

＊いじめ：欺負、凌辱。

＊よ：（表示叮囑、命令、勸誘）吧、啦、喔，終助詞。

句型分析

- ご迷惑（ご面倒）をお掛けしました：給您添麻煩的慣用語。
- いいんですよ：沒什麼的、沒關係。口語中很常在語尾加個ん。
- いたします：します的謙讓表現，較為客氣的講法。

不好意思 204

▶ 悪(わる)かった [wa.ru.ka.t.ta]

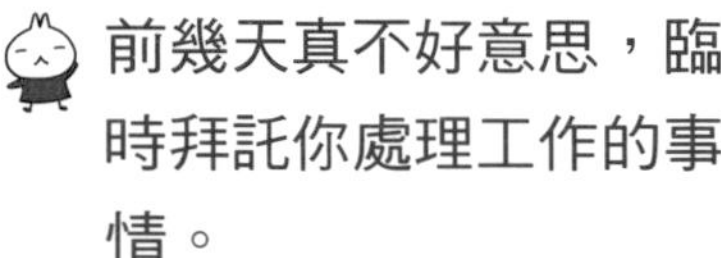

前幾天真不好意思，臨時拜託你處理工作的事情。

この前(まえ)は悪(わる)かったね、＊急(きゅう)に仕事(しごと)をお願(ねが)いして。
ko.no.ma.e.wa.wa.ru.ka.t.ta.ne、kyu.u.ni.shi.go.to.o.o.ne.ga.i.shi.te

不會呀，我很高興能幫得上忙。

いいえ、▸お役(やく)に立(た)ててうれしいです。
i.i.e、o.ya.ku.ni.ta.te.te.u.re.shi.i.de.su

＊急(きゅう)に：突然，副詞。

請原諒我 205

▶ お許(ゆる)しください [o.yu.ru.shi.ku.da.sa.i]

請原諒我。

＊どうかお許(ゆる)しください。
do.o.ka.o.yu.ru.shi.ku.da.sa.i

這不是道歉就可以解決的問題！

謝(あやま)って＊済(す)む問題(もんだい)じゃないでしょう！
a.ya.ma.t.te.su.mu.mo.n.da.i.ja.na.i.de.sho.o

＊どうか：請。用於請求他人時，意思與どうぞ相通。

補充：

どうぞ：禮貌性地請求別人。

どうか：表達強烈地懇求，例如走投無路急需借錢時會說，どうかお金を貸してください。（請借我錢。）

＊済む：（問題）解決、（事情）了結。

拜託

206

▶どうかこの通り [do.o.ka.ko.no.to.o.ri]

對不起！請原諒我！拜託拜託！

ごめん！ゆるして！
▸どうかこの通り！
go.me.n! yu.ru.shi.te!
do.o.ka.ko.no.to.o.ri

這次我絕不饒你了！你以為這是第幾次出軌了！

▸今度という今度は許さないわよ！
何度目の浮気だと思ってんの！
ko.n.do.to.i.u.ko.n.do.wa.yu.ru.sa.na.i.wa.yo!
na.n.do.me.no.u.wa.ki.da.to.o.mo.t.te.n.no

句型分析

- お役に立つ：對你有幫助、幫得上忙。
- どうかこの通り：拜託拜託，道歉、請求的慣用句。
- 今度という今度：這次。以という做連接，重複兩次「今度」強調「這次」。

♪ 04-03

萬分抱歉

致上歉意 ①

207

▶ お詫び申し上げます [o.wa.bi.mo.o.shi.a.ge.ma.su]

對於這次因事故受傷的民眾，本人在此誠心地致上歉意。

今回の事故でお怪我をされた＊皆様に、＊心より お詫び申し上げます。

ko.n.ka.i.no.ji.ko.de.o.ke.ga.o.sa.re.ta.mi.na.sa.ma.ni、ko.ko.ro.yo.ri.o.wa.bi.mo.o.shi.a.ge.ma.su

＊**皆様**：各位。**様**接在人名、稱呼後面，表示敬意。

＊**心 より**：衷心、由衷。也可以說 心 から。

COLUMN

● **謙讓語**：用於表示自己或己方人物的行為、動作。

● 道歉用語中除了最常聽到的すみません（對不起）之外，依據狀況的不同，還有很多表達的方式，用於鄭重的場合或是重大失誤時，常使用：どうも申し訳ございません、心からお詫びします。

致上歉意 ② 208

▶ 申し訳ありません [mo.o.shi.wa.ke.a.ri.ma.se.n]

這次的食物中毒事件造成大家的恐慌，本人感到非常抱歉。

＊この度の＊食中毒問題で＊世間を▸お騒がせして、＊誠に申し訳ありません。

ko.no.ta.bi.no.sho.ku.chu.u.do.ku.mo.n.da.i.de.se.ke.n.o.o.sa.wa.ga.se.shi.te、ma.ko.to.ni.mo.o.shi.wa.ke.a.ri.ma.se.n

＊この度：這次。
＊食中毒：食物中毒。
＊世間：世上。社會上的人、輿論。
＊誠に：實在、的確。

感到萬分抱歉 209

▶ お詫びのしようもありません

[o.wa.bi.no.shi.yo.o.mo.a.ri.ma.se.n]

對於這次的問題，本公司因處理過於緩慢而造成損害的擴大，本人感到萬分抱歉。

今回は我が社の対応が遅れて被害が拡大し▸てしまい、▸お詫びのしようもありません。

ko.n.ka.i.wa.wa.ga.sha.no.ta.i.o.o.ga.o.ku.re.te.hi.ga.i.ga.ka.ku.da.i.shi.te.shi.ma.i、o.wa.bi.no.shi.yo.o.mo.a.ri.ma.se.n

句型分析

- ～をされた：被動句，表示被害、感到困擾。
- お詫び申し上げます：誠摯得表達對您的心意。在此為表達歉意。お詫び（對對方的心意），申し上げます是言う的敬語。
- お騒がせします：引起騷動。騒がせる（騷擾、轟動）。「お～します」為謙讓表現，較為客氣的講法。

● ● ● ●

感到自責、過意不去 210

▶ 心苦(こころぐる)しい限(かぎ)りです [ko.ko.ro.gu.ru.shi.i.ka.gi.ri.de.su]

因為我的疏忽而造成大家的麻煩。我感到十分自責。

私(わたし)のミスでみんなの▸足(あし)を引(ひ)っ張(ぱ)る▸ことになってしまい、誠(まこと)に▸心苦(こころぐる)しい▸限(かぎ)りです。

wa.ta.shi.no.mi.su.de.mi.n.na.no.a.shi.o.hi.p.pa.ru.ko.to.ni.na.t.te.shi.ma.i、ma.ko.to.ni.ko.ko.ro.gu.ru.shi.i.ka.gi.ri.de.su

● ● ● ●

毫無辯解的餘地、無話可講 211

▶ 弁解(べんかい)の余地(よち)もありません

[be.n.ka.i.no.yo.chi.mo.a.ri.ma.se.n]

機密之所以洩漏出去，不就是因為防護措施做得不夠嚴謹嗎？

機密漏洩(きみつろうえい)したのは、*セキュリティが*甘(あま)かったためではないですか？

ki.mi.tsu.ro.o.e.i.shi.ta.no.wa、se.kyu.ri.ti.ga.a.ma.ka.t.ta.ta.me.de.wa.na.i.de.su.ka

關於這一點，我毫無辯解的餘地。

その点(てん)は、*まったく*弁解(べんかい)の▸余地(よち)もありません。

so.no.te.n.wa、ma.t.ta.ku.be.n.ka.i.no.yo.chi.mo.a.ri.ma.se.n

*セキュリティ(security)：防護、防備。

*甘(あま)い：態度不夠嚴謹，輕忽的意思。

*まったく：完全、簡直，副詞。

*弁解(べんかい)：辯解。

沒面子

212

▶ 面目ありません [me.n.bo.ku.a.ri.ma.se.n]

無法使隊伍獲得勝利，本人感到顏面無光。

チームを優勝に導けなくて、まったく＊面目ありません。

chi.i.mu.o.yu.u.sho.o.ni.mi.chi.bi.ke.na.ku.te、ma.t.ta.ku.me.n.bo.ku.a.ri.ma.se.n

教練，你已經盡力了。

コーチ、あなたはよくやってくれましたよ。

ko.o.chi、a.na.ta.wa.yo.ku.ya.t.te.ku.re.ma.shi.ta.yo

＊面目ありません：沒面子。

句型分析

- ～てしまい：表示説話者「遺憾、惋惜」的情緒。在口語中～てしまう會變成～ちゃう。
- お詫びのしようもありません：感到萬分抱歉。しよう（辦法）。しようもありません（沒有辦法，無能為力。）
- 足を引っ張る：扯後腿。
- ことになる：變成。表示某結果是由某決定或某事情變化導致、自然發生。
- 心苦しい限り：感到非常自責、過意不去。
  → 限り：表示在…範圍內，限度、極限、只有的意思。
  例如：うれしい限り（非常開心）、悔しい限り（非常懊惱）
- 余地もありません：沒有餘地。
- ～てくれる：くれる為授受動詞「給」的意思。表示帶著感謝的心情，接受他人的行為，不需刻意翻譯出來。

GOOD!
がんばって
次へ
CAKE

本篇收錄6個單元，分別介紹否定與委婉拒絕對方的用法；另外，謙虛內向的日本人在面對別人的誇獎時，也會以「否定」的方式回應，這部分也特別收錄在否定番外篇為讀者呈現。
正在煩惱不知該怎麼回應想推掉的邀約時，趕快翻開這篇好好學習「日式拒絕法」吧！

♪ 05-01

不是這樣的

不是

213

▶ いいえ [i.i.e]

這個是你的包包嗎？ ＊これ、あなたのかばん？
ko.re、a.na.ta.no.ka.ba.n

不是，不是我的。 いいえ、僕（ぼく）のじゃありません。
i.i.e、bo.ku.no.ja.a.ri.ma.se.n

＊**これ**：這個。

補充：

離說話者（自己）近的，用「**これ**（這個）」（近稱）。

離聽話者（對方）近的，用「**それ**（那個）」（中稱）。

離兩者遠的，用「**あれ**（那個）」（遠稱）。

不是這樣的

214

▶ 違う［chi.ga.u］

我們第一次約會就是在這家店對吧。

最初に＊デートしたのはこの店だったね。

sa.i.sho.ni.de.e.to.shi.ta.no.wa.ko.no.mi.se.da.t.ta.ne

咦？不是啊！你說的是跟誰呀！

えっ？違うよ！‣誰のこと‣言ってるのよ！

e? chi.ga.u.yo! da.re.no.ko.to.i.t.te.ru.no.yo

＊デート（date）：約會。

句型分析

- 僕のじゃありません：不是我的（包包），這裡的の表示代名詞，不可省略。
- 誰のこと：關於誰的事情。日文中提及某一人時，不會將其當作個體單獨稱之，而是會加上～のこと表示包含所有的行為和狀況。

  例句：

  君のことが好きです。（我喜歡妳。）

  彼のことが心配です。（擔心他。）
- 言ってる：正在說。言う（說）。～ている（正在～），口語時い常會脱落。

不可能的！① 215

▶ とんでもない！ [to.n.de.mo.na.i]

是你在說我的壞話吧！

私(わたし)の悪口(わるぐち)言(い)ってたん▸じゃない？

wa.ta.shi.no.wa.ru.gu.chi.i.t.te.ta.n.ja.na.i

不可能的！我怎麼可能說前輩您的壞話呢！

*とんでもない！この僕(ぼく)が先輩(せんぱい)の*悪口(わるぐち)▸なんて言(い)う▸わけないじゃないですか！

to.n.de.mo.na.i! ko.no.bo.ku.ga.se.n.pa.i.no.wa.ru.gu.chi.na.n.te.i.u.wa.ke.na.i.ja.na.i.de.su.ka

＊とんでもない：①出乎意料②荒唐、不像話③（加強否定）完全不是、哪裡的話。此為③的意思。

＊悪口(わるくち)：壞話。

不可能的！② 216

▶ そんなはずない [so.n.na.ha.zu.na.i]

你記錯了吧？

*思(おも)い違(ちが)いじゃないの？

o.mo.i.chi.ga.i.ja.na.i.no

不可能的，我明明放在這裡的。

▸そんなはずないよ、*確(たし)かにここに置(お)いたんだから。

so.n.na.ha.zu.na.i.yo、ta.shi.ka.ni.ko.ko.ni.o.i.ta.n.da.ka.ra

＊思(おも)い違(ちが)い：記錯、誤會。

＊確(たし)かに：明明、確實。確(たし)か為「好像是」的意思。

怎麼可能！

217

▶ そんなわけない [so.n.na.wa.ke.na.i]

你別看老爸我啊～年輕時也很受女孩歡迎呢！	お父(とう)さん、これでも若(わか)い＊頃(ころ)は＊モテたんだ＊ぞ。 o.to.o.sa.n、ko.re.de.mo.wa.ka.i.ko.ro.wa.mo.te.ta.n.da.zo
不會吧？怎麼可能！我絕對不信！	まさかー！そんなわけないよ！ 絶対(ぜったい)＊信(しん)じられない！ ma.sa.ka.a! so.n.na.wa.ke.na.i.yo! ze.t.ta.i.shi.n.ji.ra.re.na.i

＊（時間、日期）頃(ころ)：～的時候。　＊モテる：受歡迎、有人緣。

＊ぞ：啊、呢，感嘆語氣，相當於ぜ，男性用語。

＊信(しん)じられない：無法相信。信(しん)じる（相信）

句型分析

- じゃない：不是嗎？
- ～なんて：（說、想）什麼的、之類的話。
- わけない：不可能、不會，強調該事沒有理由成立，表達說話者主觀的判斷。
- そんなはずない：不可能的，相當於そんなわけない。

（就說）不是這樣的嘛！ 218

▶ そうじゃないって [so.o.ja.na.i.t.te]

你又想騙大家了對吧？

＊どうせまたみんなを▸だまそうとしてるん▸だろ？
do.o.se.ma.ta.mi.n.na.o.da.ma.so.o.to.shi.te.ru.n.da.ro

就說不是這樣的嘛！這次是真的！

そうじゃないって！今度(こんど)はほんとだよ！
so.o.ja.na.i.t.te! ko.n.do.wa.ho.n.to.da.yo

＊どうせ：反正。

這完全是誤會 219

▶ 全(まった)くの誤解(ごかい)です [ma.t.ta.ku.no.go.ka.i.de.su]

有些人悄悄地在談論，懷疑橫山先生是個人妖耶～

横山(よこやま)くんって、＊ニューハーフじゃないかって＊一部(いちぶ)で＊ささやかれてるんだけど、ホントなの？
yo.ko.ya.ma.ku.n.t.te、nyu.u.ha.a.fu.ja.na.i.ka.t.te.i.chi.bu.de.sa.sa.ya.ka.re.te.ru.n.da.ke.do、ho.n.to.na.no

什麼？怎麼可能？這完全是誤會啊！

えっ！？＊まさか！＊全(まった)くの誤解(ごかい)だよ！
e!? ma.sa.ka! ma.t.ta.ku.no.go.ka.i.da.yo

＊ニューハーフ(newhalf)：人妖。為和製英語。

＊一部(いちぶ)：一部分。

＊ささやく：耳語、小聲說話。

＊まさか：不會吧？！怎麼可能？

＊全(まった)く：完全。

胡說八道

220

▶ でたらめ

媽，你以前是個小太妹喔？

お母(かあ)さんは昔(むかし)＊ヤンキーだったの？

o.ka.a.sa.n.wa.mu.ka.shi.ya.n.ki.i.da.t.ta.no

胡說八道！是誰說的？

そんなの＊でたらめよ！誰(だれ)が言(い)ったの？

so.n.na.no.de.ta.ra.me.yo! da.re.ga.i.t.ta.no

＊ヤンキー(yankee)：①美國人②不良少年。此為②的意思。

＊でたらめ：胡說八道。

句型分析

● だまそうとしている：想要欺騙。だます→だまそう（意志形）

● だろ：吧，推測語氣，だろう的口語。

不可能做得到 221

▶ ～できるわけない [～ de.ki.ru.wa.ke.na.i]

我想兩天一夜繞日本一圈。

＊1泊2日(いっぱくふつか)で日本一周(にほんいっしゅう)しようかと思(おも)って。

i.p.pa.ku.fu.tsu.ka.de.ni.ho.n.i.s.shu.u.shi.yo.o.ka.to.o.mo.t.te

少荒唐了！怎麼可能呀！

そんな＊無茶(むちゃ)な！できるわけないよ！

so.n.na.mu.cha.na! de.ki.ru.wa.ke.na.i.yo

＊1泊2日(いっぱくふつ)：兩天一夜。

＊無茶(むちゃ)：豈有此理、胡來。

不可能！免談！ 222

▶ 無理(むり)！ [mu.ri]

如果加藤要求妳和他交往，妳會怎麼辦？

もし加藤君(かとうくん)が付(つ)き合(あ)ってくれって頼(たの)んできたら、どうする？

mo.shi.ka.to.o.ku.n.ga.tsu.ki.a.t.te.ku.re.t.te.ta.no.n.de.ki.ta.ra、do.o.su.ru

免談！

無理(むり)っ！

mu.ri

沒有這回事！

223

▶ そんなことはありません

[so.n.na.ko.to.wa.a.ri.ma.se.n]

 妳有整型嗎？

＊整形（せいけい）している？
se.i.ke.i.shi.te.i.ru

 才沒有這回事呢！

そんなことはありません！
so.n.na.ko.to.wa.a.ri.ma.se.n

＊**整形（せいけい）**：整型美容。

句型分析

- **～ようかと思（おも）って：**正在想要做某事。
- **できるわけない：**怎麼可能辦得到。
- **もし～たら：**如果～的話。もし（如果、倘若）強調說話人假設的心情。
  例句 ：もし1千万元（いっせんまんえん）あったら、何（なに）をしたいですか。（如果有一千萬元的話，你想做什麼呢？）
- **頼（たの）んできた：**（來）拜託。て＋くる（來做某事的常用句型，可以視情況不用刻意將「來」翻譯出來。）

♪ 05-02

別開玩笑了

這一定是在開玩笑吧！ 224

▶ 何(なに)かの冗談(じょうだん) [na.ni.ka.no.jo.o.da.n]

公司倒閉了！

会社(かいしゃ)が*倒産(とうさん)したんだって。
ka.i.sha.ga.to.o.sa.n.shi.ta.n.da.t.te

什麼？這一定是在開玩笑吧！

えっ！？*何(なに)かの*冗談(じょうだん)でしょう？
e!? na.ni.ka.no.jo.o.da.n.de.sho.o

*倒産(とうさん)：倒閉、破產。
*冗談(じょうだん)：開玩笑。
*何(なに)か：什麼。か（表示不確定）

不會吧！ 225

▶ ありえない！ [a.ri.e.na.i]

現在開始隨堂測驗。

今(いま)から*抜(ぬ)き打(う)ちテストをします。
i.ma.ka.ra.nu.ki.u.chi.te.su.to.o.shi.ma.su

ㄟ～～不會吧？

うそー！*ありえない！
u.so.o! a.ri.e.na.i

＊抜き打ちテスト：隨堂測驗。抜き打ち（突然地）
＊ありえない：不太可能吧！太扯了！年輕人較常用，表示抱怨的口氣。

開玩笑也要有個限度！ 226

▶ 冗談にもほどがある [jo.o.da.n.ni.mo.ho.do.ga.a.ru]

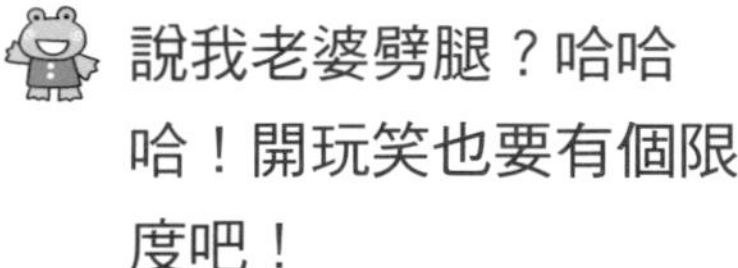

說我老婆劈腿？哈哈哈！開玩笑也要有個限度吧！

俺の＊女房が浮気してるって？
ハハハ、冗談▸にもほどがあるよ！
o.re.no.nyo.o.bo.o.ga.u.wa.ki.shi.te.ru.t.te?
ha.ha.ha、jo.o.da.n.ni.mo.ho.do.ga.a.ru.yo

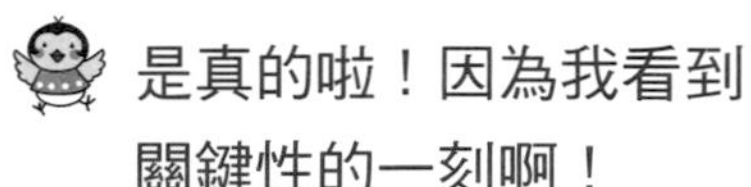

是真的啦！因為我看到關鍵性的一刻啊！

ホントだって！この目で
＊決定的な瞬間を見たんだから。
ho.n.to.da.t.te! ko.no.me.de.
ke.t.te.i.te.ki.na.shu.n.ka.n.o.mi.ta.n.da.ka.ra

＊女房：①妻子，相當於つま②古代宮中的女官 ③婦女。此為①的意思。
＊決定的：決定性、關鍵、緊要。

句型分析

- ～でしょう：①（確認）～吧？語尾上揚，希望聽話者同意自己的意見②（推測）～吧？，語尾下降。此為①的意思。
- ～にもほどがある：～也要有個限度。

別說笑了！ 227

▶ 冗談(じょうだん)はやめて [jo.o.da.n.wa.ya.me.te]

我覺得北村小姐和川田先生兩人很速配耶！

北村(きたむら)さんと川田(かわだ)くん、*結構(けっこう)お*似合(にあ)いだと思(おも)うんだけどな。

ki.ta.mu.ra.sa.n.to.ka.wa.da.ku.n、ke.k.ko.o.o.ni.a.i.da.to.o.mo.u.n.da.ke.do.na

拜託～別說笑了！

ちょっと～、冗談(じょうだん)は*やめてよ。

cho.t.to ～、jo.o.da.n.wa.ya.me.te.yo

＊結構(けっこう)：

①結構、構造，名詞。

例如：建物(たてもの)の結構(けっこう)（建築物的結構）

②很好，形容動詞。

例如：結構(けっこう)な話(はなし)（好消息）

③夠了，形容動詞。用於敘述對方的事物，而非陳述關於自己的事物。常使用於「東西很好，夠了」的情境，所以一般會用在回答句，而非問句。これで結構(けっこう)ですか為錯誤講法。

例句：1. これだけあれば結構(けっこう)です。（有這些就夠了。）

2. これでいいですか。（這樣可以嗎？）はい、結構(けっこう)です。（是的，可以了）在此為②的意思。

＊似合(にあ)い：（男女）相配，（衣服）適合。

＊やめる：停止、作罷。

愚蠢　228

▶ あほくさい [a.ho.ku.sa.i]

快看這廣告！蒼蠅歐巴桑和殺蟲劑歐巴桑正在決鬥。

この＊CM見(み)て。＊ハエのおばさんと＊殺虫剤(さっちゅうざい)のおばさんが＊戦(たたか)ってるんだよ。

ko.no.CM.mi.te。ha.e.no.o.ba.sa.n.to.sa.c.chu.u.za.i.no.o.ba.sa.n.ga.ta.ta.ka.t.te.ru.n.da.yo

好愚蠢！ 可是很好笑！

＊あほくさー！でも＊笑(わら)える！

a.ho.ku.sa.a! de.mo.wa.ra.e.ru

＊ CM：廣告，從 commercial message 省略而來。
＊ハエ：蒼蠅。
＊殺虫剤(さっちゅうざい)：殺蟲劑。
＊戦(たたか)う：戰爭、戰鬥。
＊あほくさー：好蠢，あほくさい的口語，大阪腔。
＊笑(わら)える：很好笑。笑(わら)う的可能型，能使人發笑的意思。

♪ 05-03

不用了！

不要！ 229

▶ いや！ [i.ya]

把青椒全部吃光光！ ＊ピーマン＊残（のこ）さ＊ず食（た）べ＊なさい！
pi.i.ma.n.no.ko.sa.zu.ta.be.na.sa.i

不要！我死也不要！ いや！死（し）んでもいや！
i.ya! shi.n.de.mo.i.ya

＊ピーマ（(法)piment）：青椒。 ＊残（のこ）す：留下、剩下。

＊～ず：不～、沒～，表示否定。例如：見（み）ず知（し）らずの者（もの）（陌生人）

＊なさい：動詞ます型加なさい，表示命令。為父母對小孩、老師對學生時使用。

（請）別這樣！ 230

▶ やめて（ください）！ [ya.me.te（ku.da.sa.i）]

拜託妳也找個好一點的男人交往嘛！

もっといい男（おとこ）と＊付（つ）き合（あ）いなさいよ。

mo.t.to.i.i.o.to.ko.to.tsu.ki.a.i.na.sa.i.yo

別說了！不要講我男朋友的壞話！

やめて！彼（かれ）のこと悪（わる）く言（い）わないで！

ya.me.te!　ka.re.no.ko.to.wa.ru.ku.i.wa.na.i.de

＊付（つ）き合（あ）う：交往、相處、打交道。不只用在男女間的交往上，也可用於一般朋友的交友狀況。

恕我拒絕 231

▶ お断（ことわ）り [o.ko.to.wa.ri]

請和我結婚。

僕（ぼく）と結婚（けっこん）してください。

bo.ku.to.ke.k.ko.n.shi.te.ku.da.sa.i

像你這種不怎麼樣的人，恕我拒絕。

あなた＊みたいな＊冴（さ）えない人（ひと）、＊断固（だんこ）お断（ことわ）りよ！

a.na.ta.mi.ta.i.na.sa.e.na.i.hi.to、da.n.ko.
o.ko.to.wa.ri.yo

＊みたい：像～一樣。

＊冴（さ）えない：沒有特別的地方，不怎麼樣。

＊断固（だんこ）：斷然、堅決。

我鄭重拒絕 232

▶ お断りします [o.ko.to.wa.ri.shi.ma.su]

看在這些錢的分上，我家孩子就麻煩您了。

このお金で、うちの子をよろしくお願いします。

ko.no.o.ka.ne.de、u.chi.no.ko.o.yo.ro.shi.ku.o.ne.ga.i.shi.ma.su

我鄭重拒絕。

*きっぱりお*断りします！

ki.p.pa.ri.o.ko.to.wa.ri.shi.ma.su

＊**きっぱり**：乾脆、果斷。

＊**断る**：回絕、推辭。

就是不要嘛！ 233

▶ いやと言ったらいや！ [i.ya.to.i.t.ta.ra.i.ya]

和我朋友的兒子見一次面看看？

私の*知り合いの*息子さんと、一度会ってみない？

wa.ta.shi.no.shi.ri.a.i.no.mu.su.ko.sa.n.to、i.chi.do.a.t.te.mi.na.i

就算阿姨再怎麼拜託我，不要就是不要嘛！

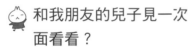

いくらおばさんの頼みでも、いやといったらいやです！

i.ku.ra.o.ba.sa.n.no.ta.no.mi.de.mo、i.ya.to.i.t.ta.ra.i.ya.de.su

＊**知り合い**：朋友、熟人。

＊**息子**：兒子，稱呼他人的兒子可加上さん，表示敬意。

到此為止！ 234

▶そこまで！ [so.ko.ma.de]

就算我真的很笨，他也沒必要把我說成那樣嘛對不對？真討厭！反正我就是個沒用的員工啦！

いくら私(わたし)がトロいからって、あそこまで言(い)わなくてもいいと思(おも)わない？▸ヤんなっちゃう。どうせ私(わたし)は▸出来(でき)の悪(わる)い社員(しゃいん)ですよーだ！

i.ku.ra.wa.ta.shi.ga.to.ro.i.ka.ra.t.te、a.so.ko.ma.de.i.wa.na.ku.te.mo.i.i.to.o.mo.wa.na.i? ya.n.na.c.cha.u。do.o.se.wa.ta.shi.wa.de.ki.no.wa.ru.i.sha.i.n.de.su.yo.o.da

發牢騷的話就到此為止吧！來、出去豪邁地喝個幾杯，爽快地把一切都忘掉吧！

*愚痴(ぐち)るのはそこまで！パーッと飲(の)んで、*パーッと忘(わす)れようよ。

gu.chi.ru.no.wa.so.ko.ma.de! pa.a.t.to.no.n.de、pa.a.t.to.wa.su.re.yo.o.yo

*愚痴(ぐち)る：發牢騷、抱怨。

*パーッと：豪爽地、急速地、一下子。

例句：うわさがパーッと広(ひろ)まる。（流言迅速地傳開）

句型分析

- **いくら～でも：**再怎麼～也（不）。後面常接否定句型。
- **いくら：**無論、多麼。
- **いったら：いう＋たら**，說了的話。～たら（的話。）
- **ヤんなっちゃう：**真討厭、受不了。いやになってしまう的口語。
- **出来(でき)の悪(わる)い：**不成材、不傑出。

♪ 05-04

饒了我吧！

饒了我吧！ 235

▶ 勘弁(かんべん)してください [ka.n.be.n.shi.te.ku.da.sa.i]

再喝呀！ もっと飲(の)めよ。
mo.t.to.no.me.yo

請饒了我吧！ ＊もう＊勘弁(かんべん)してくださいよ！
mo.o.ka.n.be.n.shi.te.ku.da.sa.i.yo

＊もう：感嘆詞。

＊勘弁(かんべん)する：原諒、饒恕、容忍。

投降、放棄 236

▶ ギブ！ [gi.bu]

對不起，我放棄！ ごめん、あたしもう＊ギブ！
go.me.n、a.ta.shi.mo.o.gi.bu

嗯嗯、我也是！我受不了啦… うう～、私(わたし)もギブ！もう＊限界(げんかい)。
u.u ～、wa.ta.shi.mo.gi.bu! mo.o.ge.n.ka.i

＊ギブ：放棄，是ギブアップ(give up)的省略，年輕人用語。
＊限界(げんかい)：極限。

謝謝，不用了 237

▶ 遠慮(えんりょ)しておく [e.n.ryo.shi.te.o.ku]

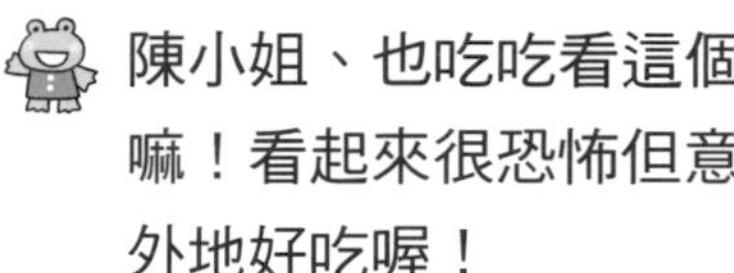

陳小姐、也吃吃看這個嘛！看起來很恐怖但意外地好吃喔！

陳(ちん)さん、これも食(た)べてみてよ。＊見(み)た目(め)は怖(こわ)いけど＊意外(いがい)とうまいよ！
chi.n.sa.n、ko.re.mo.ta.be.te.mi.te.yo。mi.ta.me. wa.ko.wa.i.ke.do.i.ga.i.to.u.ma.i.yo

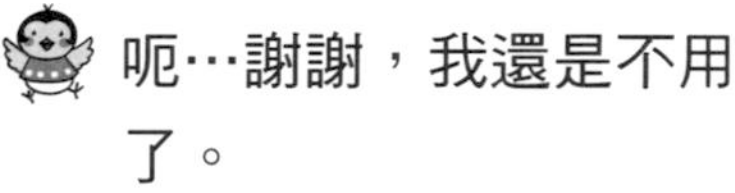

呃…謝謝，我還是不用了。

うっ・・・遠慮(えんりょ)しておきます。
u...e.n.ryo.shi.te.o.ki.ma.su

＊見(み)た目(め)：外觀、看起來。
＊意外(いがい)と：意外地。

注意 うまい解釋為「好吃」時，為男性用語，女生盡量不要使用喔！

句型分析

● 遠慮(えんりょ)しておく：是食(た)べたくない（不想吃）和お断(ことわ)りします（我拒絕）的委婉説法，非常方便實用。

不喜歡～、不擅長～ 238

▶ 苦手 [ni.ga.te]

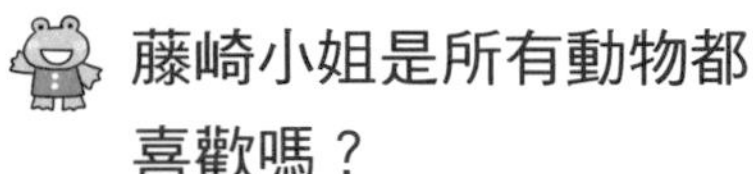

藤崎小姐是所有動物都喜歡嗎？

藤崎さんは、動物＊なら＊何でも好き？
fu.ji.sa.ki.sa.n.wa、do.o.bu.tsu.na.ra.na.n.de.mo.su.ki

大部分都喜歡。只有蛇我不太喜歡吧！

＊大体ね。＊ただヘビはちょっと苦手かな。
da.i.ta.i.ne。ta.da.he.bi.wa.cho.t.to.ni.ga.te.ka.na

＊**～なら**：～的話，接在名詞後表示主題。　＊**何でも**：不論什麼。
＊**大体**：大概、大致，副詞。　＊**ただ**：只是、但是、不過。

注意　原本是「不擅長」之意。例如「**数学が苦手**（不喜歡數學）」、「**暑いのは苦手**（怕熱）」等。這裡是「**あまり好きではない**（不太喜歡）」、「**嫌い**（討厭）」的委婉說法。

イヤーッ
啊—

♪ 05-05

不太方便

很抱歉，有點不方便…… 239

▶ 悪(わる)いけど、ちょっと…[wa.ru.i.ke.do、cho.t.to]

只要1000 圓就好了，可以借我嗎？

1000 円(せんえん)でいいから、お金(かね)貸(か)してくれない？

se.n.e.n.de.i.i.ka.ra、o.ka.ne.ka.shi.te.ku.re.na.i

很抱歉，有點不方便…

悪(わる)いけど、*ちょっと…

wa.ru.i.ke.do、cho.t.to

*ちょっと：稍微、有一點。日本人相當注重個人隱私，拒絕別人時通常不需説出具體理由，回答ちょっと…即可。

有點困難（沒辦法） 240

▶ちょっと無理です [cho.t.to.mu.ri.de.su]

今天幫忙加班好嗎？

今日*残業してくれないかな。
kyo.o.za.n.gyo.o.shi.te.ku.re.na.i.ka.na

嗯，有點困難耶。

うーん、ちょっと*無理ですね。
u.u.n、cho.t.to.mu.ri.de.su.ne

＊残業：加班。　＊無理：沒辦法、勉強。

不方便、另有安排 241

▶都合がつきません [tsu.go.o.ga.tsu.ki.ma.se.n]

7 月我們計劃去露營，你要不要參加？

7 月に*キャンプの計画があるんだけど、参加しない？
shi.chi.ga.tsu.ni.kya.n.pu.no.ke.i.ka.ku.ga.a.ru.n.da.ke.do、sa.n.ka.shi.na.i

很可惜，那時我可能不太方便喔。

*残念だけど、その頃は*たぶん*都合がつかないなあ。
za.n.ne.n.da.ke.do、so.no.ko.ro.wa.ta.bu.n.tsu.go.o.ga.tsu.ka.na.i.na.a

＊キャンプ（camp）：露營。　＊残念：遺憾、懊悔、可惜。　＊たぶん：大概，副詞。
＊都合がつかない：不方便。

無法做到 242

▶ できかねます [de.ki.ka.ne.ma.su]

無論如何，可以請你幫個忙嗎？

＊なんとかお願（ねが）いできませんか？
na.n.to.ka.o.ne.ga.i.de.ki.ma.se.n.ka

這件事，我實在無法幫忙。

そういう＊お話（はなし）は、＊協力（きょうりょく）でき▸かねます。
so.o.i.u.o.ha.na.shi.wa、kyo.o.ryo.ku.de.ki.ka.ne.ma.su

＊なんとか：設法。 ＊お話（はなし）：談話、事情。 ＊協力（きょうりょく）：合作。

很微妙 243

▶ 微妙（びみょう）（ビミョー） [bi.myo.o]

這個最近才推出的對吧？你覺得如何？

それ最近出（さいきんで）た＊ばっかだよね。どう？
so.re.sa.i.ki.n.de.ta.ba.k.ka.da.yo.ne。do.o

嗯…很微妙。

ん～・・・、＊微妙（びみょう）。
n ～…、bi.myo.o

＊微妙（びみょう）：這是最近的流行語。不去評論究竟是好還是壞時的說法，通常用於負面的情形。

＊ばっか：是ばかり的口語。①只有、僅②動詞た型加ばかり，為剛～的意思。在此為②的意思。

無法確定（行程）

244

▶ 予定が立ちません [yo.te.i.ga.ta.chi.ma.se.n]

下禮拜一起吃飯如何？

来週でも一緒に食事*でもどうですか？

ra.i.shu.u.de.mo.i.s.sho.ni.sho.ku.ji.de.mo.do.o.de.su.ka

下禮拜還無法確定耶。下次再找我吧！

来週は予定が立ちません。*また次の機会にでも。

ra.i.shu.u.wa.yo.te.i.ga.ta.chi.ma.se.n。ma.ta.tsu.gi.no.ki.ka.i.ni.de.mo

＊でも：像是～、～什麼的，表「例如」，舉一個例子來概括其它同性質的事物。

例句：お茶でも飲みませんか。要不要喝點茶什麼的？

＊また：再、又。

句型分析

● ～かねます：前接動詞ます型，為難以～、不能～、不好意思～的意思。書面語。

例句：決めかねます（難以決定）

♪ 05-06

下次吧！

謝謝，不用了 245

▶ 遠慮(えんりょ)する [e.n.ryo.su.ru]

這次我要參加旅行團。「超豪華！夢幻義大利8日遊、每人598000 圓日幣」你也一起去吧？

今度(こんど)＊ツアーに参加(さんか)するんです。「超(ちょう)豪華(ごうか)！夢(ゆめ)の＊イタリア８日間(ようかかん)、＊お一人(ひとり)様(さま)５９８０００円(ごじゅうきゅうまんはっせんえん)」。あなたもどう？

ko.n.do.tsu.a.a.ni.sa.n.ka.su.ru.n.de.su。「cho.o.go.o.ka! yu.me.no.i.ta.ri.a.yo.o.ka.ka.n、o.hi.to.ri.sa.ma.go.ju.u.kyu.u.ma.n.ha.s.se.n.e.n」。a.na.ta.mo.do.o

好貴…謝謝，我還是不用了。

高(たか)っ！私(わたし)は遠慮(えんりょ)する。

ta.ka! wa.ta.shi.wa.e.n.ryo.su.ru

＊ツアー(tour)：觀光旅行團。
＊イタリア(Italia)：義大利。
＊お一人様(ひとりさま)：①一個人②單身。此為①的意思。

下次有機會吧！ 246

▶ また次の機会に [ma.ta.tsu.gi.no.ki.ka.i.ni]

這個週末，和同事們一起去喝一杯吧？

*今週末、*職場のみんなで飲みに行かない？

ko.n.shu.u.ma.tsu、sho.ku.ba.no.mi.n.na.de.no.mi.ni.i.ka.na.i

下次再找我吧！

また次の機会にするよ。

ma.ta.tsu.gi.no.ki.ka.i.ni.su.ru.yo

*今週末：這個週末。　*職場：工作崗位。

注意　與其斷然地說不，還不如委婉、客氣的拒絕他人，才是維持圓滑人際關係的要點。

不用了 247

▶ 遠慮しておきます [e.n.ryo.shi.te.o.ki.ma.su]

吉本先生也一起去無限暢飲嘛！

吉本くんも飲み*放題に行こうよ。

yo.shi.mo.to.ku.n.mo.no.mi.ho.o.da.i.ni.i.ko.o.yo

謝謝，我就不參加了，大家請開心去喝吧！

僕は遠慮しておきます。みなさんで楽しんできてください。

bo.ku.wa.e.n.ryo.shi.te.o.ki.ma.su。mi.na.sa.n.de.ta.no.shi.n.de.ki.te.ku.da.sa.i

句型分析

- （名詞）にする：決定是～、要做～。

＊放題：無限制地。
例如：食べ放題（吃到飽）　乘り放題（無限搭乘）

這次還是算了 248

▶やめておく（やめとく） [ya.me.te.o.ku（ya.me.to.ku）]

接下來去卡拉OK 好不好？
これから＊カラオケ行かない？
ko.re.ka.ra.ka.ra.o.ke.i.ka.na.i

今天還是算了。我好像快感冒了，喉嚨不太舒服。
今日はやめておく。ちょっと風邪＊気味で＊喉の▸調子が悪くって。
kyo.o.wa.ya.me.te.o.ku。cho.t.to.ka.ze.gi.mi.de.no.do.no.cho.o.shi.ga.wa.ru.ku.t.te

＊カラオケ：卡啦 OK。
＊気味：有一點、稍微。　＊喉：喉嚨。
例如：疲れ気味です。（覺得有點疲倦。）

句型分析

● 調子が悪い：不舒服。

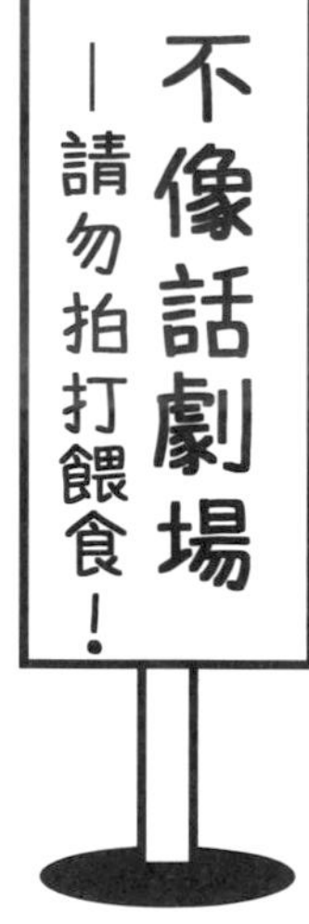

せっかく京都に来たんだから
都來京都了
宇治抹茶金時パフェも注文しようっと！
點個宇治金時抹茶百匯吧！
私はやっぱりやめとく
我還是算了
う〜ん…
お品書き
MENU
MENU
我喝咖啡就可以了
コーヒーだけでいいや
1000円もするし…
也要花個一千圓…

因為在日本各處吃了冰淇淋百匯
日本中のパフェを食べまくってたら
パフェだけじゃないでしょ
不是只有冰淇淋百匯而已吧
体重は増えて、
變胖了
財布はやせちゃった…
錢包是瘦了

否定 番外篇

別客氣 ♪05-07

也還好啦！ 249

▶ そうでもない [so.o.de.mo.na.i]

 小野小姐的哥哥好帥！

小野(おの)さんのお兄(にい)さんって、＊ステキ～！
o.no.sa.n.no.o.ni.i.sa.n.t.te、su.te.ki

 也還好啦～

そうでもないよ。
so.o.de.mo.na.i.yo

＊ステキ：①（作品、風景）好、漂亮。例如：**すてきな景色(けしき)**（漂亮的風景）。
②（樣貌）帥、美麗。此為②的意思。

 注意 依照日本人的習慣，別人稱讚自己的家人，也必須以謙虛的態度回應。

什麼忙也沒幫上　250

▶ なんのお役(やく)にも立(た)てなくて

[na.n.no.o.ya.ku.ni.mo.ta.te.na.ku.te]

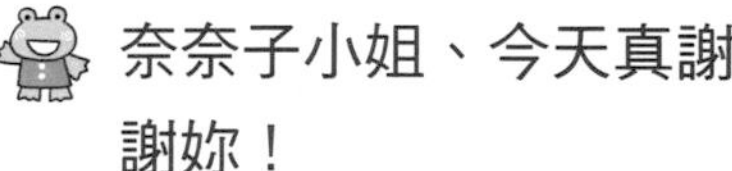

奈奈子小姐、今天真謝謝妳！

奈々子(ななこ)さん、今日(きょう)は本当(ほんとう)にありがとう！
na.na.ko.sa.n、kyo.o.wa.ho.n.to.o.ni.a.ri.ga.to.o

不客氣。我根本什麼忙也沒幫上。

いいえ、私(わたし)＊なんかなんの▸お役(やく)にも立(た)てなくて。
i.i.e、wa.ta.shi.na.n.ka.na.n.no.o.ya.ku.ni.mo.ta.te.na.ku.te

＊なんか：之類、等等，相當於など的口語。

真的嗎？　251

▶ そうかな？ [so.o.ka.na]

你的外套好好看！

その＊ジャケット、いいね！
so.no.ja.ke.t.to、i.i.ne

咦～真的嗎？謝謝你的讚美！

え～そう＊かな？＊ほめてくれて、ありがとう。
e ～ so.o.ka.na? ho.me.te.ku.re.te、a.ri.ga.to.o

＊ジャケット(jacket)：夾克、外套。

＊かな：常放句尾表疑問，較ですか口語。

＊ほめる：稱讚、表揚。

句型分析

● お役(やく)に立(た)てない：沒有幫上你的忙。

別客氣（沒有的事） 252

▶ とんでもありません [to.n.de.mo.a.ri.ma.se.n]

如果沒有春山小姐的話，真不知會如何。托你的福幫了我一個大忙。

春山（はるやま）さんがいなかったら、どうなっていたこと*やら。
*おかげで*助（たす）かりました。

ha.ru.ya.ma.sa.n.ga.i.na.ka.t.ta.ra、do.o.na.t.te.i.ta.ko.to.ya.ra。
o.ka.ge.de.ta.su.ka.ri.ma.shi.ta

別客氣！我根本沒幫上什麼忙。

*とんでもありません！私（わたし）はなんの▸力（ちから）にもなれませんでした。

to.n.de.mo.a.ri.ma.se.n! wa.ta.shi.wa.na.n.no.
chi.ka.ra.ni.mo.na.re.ma.se.n.de.shi.ta

＊やら：接於句尾表示不確定的心情，也會用於自問自答。
＊おかげで：托您的福、多虧您。　＊助（たす）かる：得到幫助、獲救。
＊とんでもない：①沒什麼②荒唐、不可能、太扯了。在此為①的意思。

句型分析

● 力（ちから）にもなれない：沒幫上忙。

（請）別客氣！不用謝 253

▶ 気(き)にしないで [ki.ni.shi.na.i.de]

謝謝你借我筆記，真是幫了大忙！

*ノート貸(か)してくれてありがとう。助(たす)かった！

no.o.to.ka.shi.te.ku.re.te.a.ri.ga.to.o。ta.su.ka.t.ta

別客氣！沒什麼大不了的。

*いや、*別(べつ)に▸気(き)にしないでいいよ。▸お安(やす)い御用(ごよう)だから。

i.ya、be.tsu.ni.ki.ni.shi.na.i.de.i.i.yo。
o.ya.su.i.go.yo.o.da.ka.ra

＊ノート(note)：筆記本。

＊いや：（表示否定）不，相當於いいえ。

＊別(べつ)に：沒關係、沒什麼，後常接否定。但「別々(べつべつ)に」為各別地的意思。
例如：（結帳時）別々(べつべつ)に指分開付的意思。

句型分析

- 気(き)にしないで：別在意。
- お安(やす)い御用(ごよう)です：小事一樁，只是舉手之勞而已，謙讓語。

GOOD!
がんばって
次へ

第6章

悲傷

本篇收錄6個單元，內容是關於面對令人心情不愉快的場合時，如何表達自己的情緒；或面對朋友悲傷、低落的情緒時，正確地表達自己的心意與安慰之情也是很重要的喔！

♪ 06-01

好傷心

難過、好悲傷 254

▶ 悲(かな)しい [ka.na.shi.i]

我最愛的爺爺過世了，好難過…

大好(だいす)きなおじいちゃんが*死(し)んじゃって、悲(かな)しい・・・。

da.i.su.ki.na.o.ji.i.cha.n.ga.shi.n.ja.t.te、ka.na.shi.i

*死(し)んじゃう：（表遺憾）過世了，死(し)んでしまう的口語，死(し)ぬ＋てしまう。

心情沉重 255

▶ しんみりする [shi.n.mi.ri.su.ru]

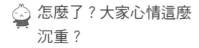

怎麼了？大家心情這麼沉重？

どうしたの？みんな*しんみりしちゃって。

do.o.shi.ta.no? mi.n.na.shi.n.mi.ri.shi.cha.t.te

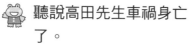

聽說高田先生車禍身亡了。

高田(たかだ)さんが交通事故(こうつうじこ)で亡(な)くなったんだって。

ta.ka.da.sa.n.ga.ko.o.tsu.u.ji.ko.de.na.ku.na.t.ta.n.da.t.te

＊しんみりする：①靜靜地、沉靜②沉重的。在此為②的意思。

傷心

256

▶ 傷心（しょうしん） [sho.o.shi.n]

到熱鬧的地方去散散心吧！

＊気晴（きば）らしに＊にぎやかなところにでも＊行（い）こうよ。

ki.ba.ra.shi.ni.ni.gi.ya.ka.na.to.ko.ro.ni.de.mo.i.ko.o.yo

我失戀了很傷心，暫時讓我一個人靜靜吧！

今（いま）、失恋（しつれん）して傷心（しょうしん）なんだ。しばらくひとりにさせてくれ。

i.ma、shi.tsu.re.n.shi.te.sho.o.shi.n.na.n.da。shi.ba.ra.ku.hi.to.ri.ni.sa.se.te.ku.re

＊気晴（きば）らし：散心、解悶。

＊にぎやか：熱鬧，形容動詞。にぎやかな＋名詞。

＊行（い）こう：去吧，行（い）く的意量形。

句型分析

● どうしたの：怎麼了。

● ～させてくれ：讓我～。

很遺憾 257

▶ 無念 [mu.ne.n]

聽說美由紀小姐因癌症過世了，她才32 歲而已…

みゆきさん、ガンで亡くなったんだってね。まだ32歳だったのに。

mi.yu.ki.sa.n、ga.n.de.na.ku.na.t.ta.n.da.t.te.ne。ma.da.sa.n.ju.u.ni.sa.i.da.t.ta.no.ni

留下了幼小的孩子們，實在令人感到遺憾…

小さい子どもたちを残して、さぞかし*無念だったと思うよ。

chi.i.sa.i.ko.do.mo.ta.chi.o.no.ko.shi.te、sa.zo.ka.shi.mu.ne.n.da.t.ta.to.o.mo.u.yo

* 無念：遺憾。

以淚洗面 258

▶ 涙に暮れる [na.mi.da.ni.ku.re.ru]

家當被火災燒光，有段時間我終日以淚洗面。

家が火事で*丸焼けになった時は、*しばらく涙に暮れてたよ。

i.e.ga.ka.ji.de.ma.ru.ya.ke.ni.na.t.ta.to.ki.wa、shi.ba.ra.ku.na.mi.da.ni.ku.re.te.ta.yo

這是人之常情嘛…真是辛苦你了…

そりゃそうでしょう。大変だったね。

so.rya.so.o.de.sho.o。ta.i.he.n.da.t.ta.ne

* 丸焼け：燒光。丸表示完全、全部的意思。
* しばらく：暫時、一會兒、片刻。「好久不見」日文會說しばらくぶりでしたね。

感到灰心失望 259

▶ 落胆（らくたん） [ra.ku.ta.n]

民眾們對於讓犯人在眼前逃走的偵查員，感到很灰心。

犯人（はんにん）を*目前（めさき）で*取り逃（とりに）がした捜査員（そうさいん）に、市民（しみん）は*落胆（らくたん）しています。

ha.n.ni.n.o.me.sa.ki.de.to.ri.ni.ga.shi.ta.so.o.sa.i.n.ni、shi.mi.n.wa.ra.ku.ta.n.shi.te.i.ma.su

＊目前（めさき）：眼前。　＊取り逃（とりに）がす：逃走。　＊落胆（らくたん）：灰心、沮喪。

句型分析

- 亡（な）くなる：死去、去世。
- ～んだって：聽說、據說。
- さぞかし：想必、一定是，語氣比「さぞ」更為強烈。
  例如：さぞかしつらかったでょう：想必您一定很難過。
- ～に暮（く）れる：長時間處於～之中。例句：悲（かな）しみに暮（く）れる。（沉浸於悲傷中。）
- そりゃ：那是…。それは的口語。

（為他）祈求冥福 260

▶ ご冥福(めいふく)をお祈(いの)りいたします。

[go.me.i.fu.ku.o.o.i.no.ri.i.ta.shi.ma.su]

我誠心為尊夫人祈求冥福。

奥様(おくさま)のご*冥福(めいふく)を▸心(こころ)よりお*祈(いの)りいたします。

o.ku.sa.ma.no.go.me.i.fu.ku.o.ko.ko.ro.yo.ri.o.i.no.ri.i.ta.shi.ma.su

*冥福(めいふく)：冥福。　*祈(いの)る：祈求、禱告。

感到非常遺憾 261

▶ お悔(く)やみ申(もう)し上(あ)げます

[o.ku.ya.mi.mo.o.shi.a.ge.ma.su]

沒想到他突然過世…
我內心感到非常遺憾。

こんなに急(きゅう)に亡(な)くなるなんて・・・。
心(こころ)からお*悔(く)やみ*申(もう)し上(あ)げます。

ko.n.na.ni.kyu.u.ni.na.ku.na.ru.na.n.te…。
ko.ko.ro.ka.ra.o.ku.ya.mi.mo.o.shi.a.ge.ma.su

謝謝您的好意。

ご*丁寧(ていねい)にありがとうございます。

go.te.i.ne.i.ni.a.ri.ga.to.o.go.za.i.ma.su

*悔(く)やみ：遺憾。　*申(もう)し上(あ)げます：「説」的謙讓語。
*丁寧(ていねい)：有禮貌、客氣。

請節哀 262

▶ ご愁傷様です [go.shu.u.sho.o.sa.ma.de.su]

聽說您先生最後還是走了…請節哀。

ご主人が＊とうとう亡くなられたそうですね。▶ご愁傷様です。
go.shu.ji.n.ga.to.o.to.o.na.ku.na.ra.re.ta.so.o.de.su.ne。go.shu.u.sho.o.sa.ma.de.su

＊とうとう：終於、到底。

真不幸 263

▶ 災難でしたね [sa.i.na.n.de.shi.ta.ne]

我在旅行到倫敦時，不巧被捲入暴動中。

＊たまたま旅行していた＊ロンドンで、暴動に＊巻き込まれてしまって。
ta.ma.ta.ma.ryo.ko.o.shi.te.i.ta.ro.n.do.n.de、bo.o.do.o.ni.ma.ki.ko.ma.re.te.shi.ma.t.te

真是不幸啊！

それは＊災難だったね。
so.re.wa.sa.i.na.n.da.t.ta.ne

＊たまたま：剛好、偶然。　＊ロンドン（London）：倫敦。
＊巻き込まれる：被捲入（事件）。巻き込む的被動形。　＊災難：遭殃、災難。

句型分析

- 心より：誠心地。
- ご愁傷様です：請節哀，聽見他人去世的消息，安慰的慣用句。

可憐、不幸 264

▶ お気の毒（様）です [o.ki.no.do.ku.sa.ma.de.su]

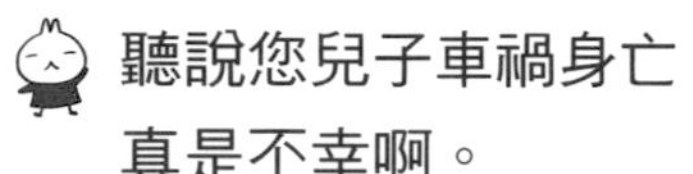

聽說您兒子車禍身亡，真是不幸啊。

息子さんが*事故で亡くなられたとか。本当にお*気の毒でしたね。

mu.su.ko.sa.n.ga.ji.ko.de.na.ku.na.ra.re.ta.to.ka。ho.n.to.o.ni.o.ki.no.do.ku.de.shi.ta.ne

＊事故：意外事故的統稱。

＊気の毒：可憐、不幸。

不幸中的大幸 265

▶ 不幸中の幸い [fu.ko.o.chu.u.no.sa.i.wa.i]

期待已久的美術館也去不了，當時真的很恐怖…唉好慘啊！

*楽しみにしていた美術館にも行けなかったし、怖かったし。もう*散々！

ta.no.shi.mi.ni.shi.te.i.ta.bi.ju.tsu.ka.n.ni.mo.i.ke.na.ka.t.ta.shi、ko.wa.ka.t.ta.shi。mo.o.sa.n.za.n

不過沒受傷就算不幸中的大幸了！

でも*けがをしなかったのは不幸中の*幸いだったよ。

de.mo.ke.ga.o.shi.na.ka.t.ta.no.wa.fu.ko.o.chu.u.no.sa.i.wa.i.da.t.ta.yo

＊楽しみ：期待、快樂。

＊けが：受傷，漢字寫「怪我」。

＊散々：悽慘、狼狽。

＊幸い：幸運、幸福。

ツアー中止
旅程中斷
えぇ〜っ!?
蛤?!
TOUR
無事に
帰って来られただけでも、
不幸中の幸いだって！
平安回來真是不幸中的大幸啊！

♪ 06-02

真可憐

好可憐！① 266

▶ かわいそう [ka.wa.i.so.o]

有小貓被棄養耶。	子猫（こねこ）が捨（す）てられてる。 ko.ne.ko.ga.su.te.ra.re.te.ru
好可憐，我們來養牠嘛！	*かわいそう！うちで*飼（か）って▸てあげようよ。 ka.wa.i.so.o! u.chi.de.ka.t.te.a.ge.yo.o.yo

＊ かわいそう：好可憐的樣子。 ＊ 飼（か）う：飼養。

句型分析

● ～てあげる：あげる為授受動詞「給」的意思。不需刻意翻譯出來。

好可憐！② 267

▶ 哀(あわ)れ [a.wa.re]

那個人、以前是個大富豪，身分地位很高的呢…

あの人(ひと)、以前(いぜん)は＊大金持(おおがねも)ちで＊たいそう＊羽振(はぶ)りがよかったのに。
a.no.hi.to、i.ze.n.wa.o.o.ga.ne.mo.chi.de.ta.i.so.o.ha.bu.ri.ga.yo.ka.t.ta.no.ni

現在淪落得這麼悲慘…

今(いま)は＊哀(あわ)れなものだね・・・
i.ma.wa.a.wa.re.na.mo.no.da.ne

＊大金持(おおがねも)ち：大富豪、有錢人。
＊羽振(はぶ)り：聲望、勢力。
＊たいそう：非常、很。
＊哀(あわ)れ：可憐、悲慘。

悲慘、可憐 ① 268

▶ みじめ [mi.ji.me]

川崎小姐的妹妹真是個美女！

川崎(かわさき)さんの 妹(いもうと) さんって、美人(びじん)だね！
ka.wa.sa.ki.sa.n.no.i.mo.o.to.sa.n.t.te、bi.ji.n.da.ne

有個太漂亮的美女妹妹，當姊姊的還真可憐…

＊あまりに美人(びじん)な 妹(いもうと) を＊持(も)つ姉は、みじめ・・・。
a.ma.ri.ni.bi.ji.n.na.i.mo.o.to.o.mo.tsu.a.ne.wa、mi.ji.me

＊あまりに：太、過於，副詞。
＊持(も)つ：①帶、拿②擁有、有。此為②意思。

真悲慘②

▶ 悲惨（ひさん） [hi.sa.n]

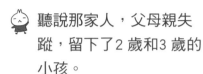

聽說那家人，父母親失蹤，留下了2 歲和3 歲的小孩。

あそこの家（いえ）、*親（おや）が*蒸発（じょうはつ）して2歳（にさい）と3歳（さんさい）の子（こ）どもが▸置（お）いていかれたんだって！

a.so.ko.no.i.e、o.ya.ga.jo.o.ha.tsu.shi.te.ni.sa.i.to.sa.n.sa.i.no.ko.do.mo.ga.o.i.te.i.ka.re.ta.n.da.t.te

什麼？真悲慘！小孩好可憐喔！

えーっ、悲惨（ひさん）！子（こ）どもがかわいそうだね。

e.e、hi.sa.n! ko.do.mo.ga.ka.wa.i.so.o.da.ne

＊親（おや）：父母。　＊蒸発（じょうはつ）：蒸發，表示像人間蒸發似的不見蹤影。

句型分析

● 置（お）いていかれる：拋下（就走了）。

目も当てられない…
真不忍心看
かわいそ～
好可憐
うわ～、悲惨…
嗚哇～太慘了吧！
公衆の面前で
在大庭廣眾之下
あんたなんかもう大嫌い!!
我最討厭你了！
バチーン!
啪！

♪ 06-03

沮喪

心情不好、沮喪 270

▶ 落(お)ち込(こ)む [o.chi.ko.mu]

我失戀了，心情很差。

失恋(しつれん)して*すっかり*落(お)ち込(こ)んでるの。

shi.tsu.re.n.shi.te.su.k.ka.ri.o.chi.ko.n.de.ru.no

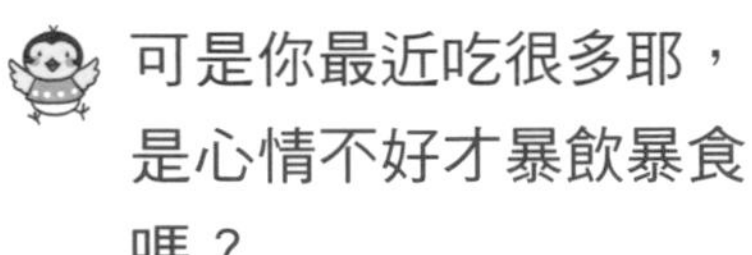

可是你最近吃很多耶，是心情不好才暴飲暴食嗎？

その*わりに*よく食(た)べるね。*やけ食(ぐ)い？

so.no.wa.ri.ni.yo.ku.ta.be.ru.ne。ya.ke.gu.i

＊**すっかり**：完全、全部。例句：すっかり忘(わす)れた。（全都忘了。）

＊**落(お)ち込(こ)む**：心情不好、沮喪。

＊**わりに**：比較。

＊**よく**：①好好地、仔細地②常常③非常，此為③的意思。

＊**やけ**：亂～。やけ食(く)い（暴飲暴食）

注意 食(た)べる比食(く)う更有禮貌。

沮喪、默不作聲 271

▶ しゅんとする [shu.n.to.su.ru]

和也怎麼了？

和也(かずや)はどうしてる？

ka.zu.ya.wa.do.o.shi.te.ru

被媽媽罵，關在房裡很沮喪呢。

お母(かあ)さんに*叱(しか)られて、部屋(へや)で*しゅんとしてるよ。

o.ka.a.sa.n.ni.shi.ka.ra.re.te、he.ya.de.shu.n.to.shi.te.ru.yo

*叱(しか)られる：被罵。叱(しか)る的被動型態。 *しゅんと：沮喪、默不作聲。

感到挫折 272

▶ 挫折(ざせつ)する [za.se.tsu.su.ru]

不管怎麼練習都進步不了，真令人挫折！

▸いくら練習(れんしゅう)しても▸うまくならない。もう*挫折(ざせつ)しそう！

i.ku.ra.re.n.shu.u.shi.te.mo.u.ma.ku.na.ra.na.i。mo.o.za.se.tsu.shi.so.o

*挫折(ざせつ)する：挫折。

句型分析

- いくら～ても：再…也（不）。
- うまくならない：進步不了、無法順利進行。

意志消沉 273

▶ 意気消沈 [i.ki.sho.o.chi.n]

母校那隊落敗的那一瞬間，大家都相當灰心沮喪。

＊応援していた母校が負けた＊瞬間、みんな＊意気消沈した。

o.o.e.n.shi.te.i.ta.bo.ko.o.ga.ma.ke.ta.shu.n.ka.n、mi.n.na.i.ki.sho.o.chi.n.shi.ta。

＊応援：支持。 ＊瞬間：瞬間。 ＊意気消沈：意氣消沉。

可惜 274

▶ 残念 [za.n.ne.n]

這家店下個月要搬家了嗎？好可惜，我很喜歡的說…

このお店、来月＊移転するんですか？＊残念だなあ、▸気に入ってた＊のに。

ko.no.o.mi.se、ra.i.ge.tsu.i.te.n.su.ru.n.de.su.ka? za.n.ne.n.da.na.a、ki.ni.i.t.te.ta.no.ni

非常抱歉，方便的話也歡迎您蒞臨新的店面喔！

申し訳ありません。▸よかったら新しい店にも▸いらしてくださいね！

mo.o.shi.wa.ke.a.ri.ma.se.n。yo.ka.t.ta.ra.a.ta.ra.shi.i.mi.se.ni.mo.i.ra.shi.te.ku.da.sa.i.ne

＊移転：遷移、搬家、轉讓。 ＊残念：可惜。

＊のに：卻、但是，接續助詞。

頹喪、失望

275

▶ がっくりくる [ga.k.ku.ri.ku.ru]

太太早我一步先走，心情真是沮喪…

妻（つま）に＊先立（さきだ）たれて、＊がっくりきています。

tsu.ma.ni.sa.ki.da.ta.re.te、ga.k.ku.ri.ki.te.i.ma.su

試著培養找出自己的嗜好如何呢？

何（なに）か楽（たの）しい＊趣味（しゅみ）でも見（み）つけたらどうですか？

na.ni.ka.ta.no.shi.i.shu.mi.de.mo.mi.tsu.ke.ta.ra.do.o.de.su.ka

＊先立（さきだ）たれる：表示他人比自己早過世的慣用法。先立（さきだ）つ：①站在前頭②事先③先過世。此為③的意思。

＊がっくりくる：頹喪、失望。

＊趣味（しゅみ）：嗜好、興趣。

句型分析

- 気（き）に入（い）る：喜歡。
- よかったら：方便的話。
- いらしてください：歡迎您蒞臨，来（く）る的敬語。

失落、沮喪 276

▶ 肩(かた)を落(お)とす [ka.ta.o.o.to.su]

祖母過世了，祖父心情很失落。

祖母(そぼ)が亡(な)くなって、祖父(そふ)はすっかり▸肩(かた)を落(お)としてしまって。

so.bo.ga.na.ku.na.t.te、so.fu.wa.su.k.ka.ri.ka.ta.o.o.to.shi.te.shi.ma.t.te

因為他們感情很好吧。

▸仲(なか)がよい*おふたりだったからねえ。

na.ka.ga.yo.i.o.fu.ta.ri.da.t.ta.ka.ra.ne.e

＊おふたり：這裡為夫婦倆的意思，相當於御夫婦(ごふうふ)。

氣餒、沮喪 277

▶ へこむ [he.ko.mu]

要是你身高再高一點的話，也許會比較受女孩歡迎。

もう少(すこ)し*背丈(せたけ)がある▸と*もてた▸かもしれないね。

mo.o.su.ko.shi.se.ta.ke.ga.a.ru.to.mo.te.ta.ka.mo.shi.re.na.i.ne

話說得這麼直，真令人沮喪。

そう*ハッキリ言(い)われると、*へこむ*なあ。

so.o.ha.k.ki.ri.i.wa.re.ru.to、he.ko.mu.na.a

＊背丈(せたけ)：身高。＊もてる：受歡迎。＊ハッキリ：清楚。
＊へこむ：氣餒、沮喪。＊なあ：感嘆語氣。

灰心喪氣 278

▶ めげる [me.ge.ru]

新工作很辛苦，我好像快撐不下去了。

新(あたら)しい仕事(しごと)が*きつくて、▸めげちゃいそう。

a.ta.ra.shi.i.shi.go.to.ga.ki.tsu.ku.te、me.ge.cha.i.so.o

辛苦你了，要訴苦的話我隨時奉陪。

*大変(たいへん)だね。僕(ぼく)でよかったら何(なん)でも話(はなし)を聞(き)くよ。

ta.i.he.n.da.ne。bo.ku.de.yo.ka.t.ta.ra.na.n.de.mo.ha.na.shi.o.ki.ku.yo

＊**きつい**：嚴厲、苛刻、（工作）辛苦。

＊**大変(たいへん)**：①真是辛苦、真是糟糕，用來安慰他人 ②非常、很，相當於**とても**。此為 ①的意思。

句型分析

- **肩(かた)を落(お)とす**：失落、沮喪。
- **仲(なか)がよい**：感情、關係好。
- **〜と〜**：一〜就〜。例句：お酒(さけ)を飲(の)むと頭(あたま)が痛(いた)くなる。（一喝酒頭就痛。）
- **かもしれない**：也許、可能。
- **めげちゃいそう**：好像快要撐不下去。めげる（灰心喪氣）

絶望的 279

▶ 絶望的 [ze.tsu.bo.o.te.ki]

非常遺憾，已經迴天乏術了。

非常に残念ですが、＊もう絶望的です。
hi.jo.o.ni.za.n.ne.n.de.su.ga、mo.o.ze.tsu.bo.o.te.ki.de.su

醫師，請不要放棄我家的狗！

先生、＊うちの犬を＊見捨てないで！
se.n.se.i、u.chi.no.i.nu.o.mi.su.te.na.i.de

＊もう：已經。

＊うち：①家、房子②自家人。例如：うちの兄さん（我的哥哥）。這裡將狗當作家裡的一份子，為②意思。

＊見捨るて：拋棄、背離。

鬱悶、不開心 280

▶ ふさぎ込む [fu.sa.gi.ko.mu]

自從愛犬死了，女兒就常悶悶不樂…

愛犬が死んでから、＊娘が＊ふさぎ込んじゃって。
a.i.ke.n.ga.shi.n.de.ka.ra、mu.su.me.ga.fu.sa.gi.ko.n.ja.t.te

畢竟牠也是家裡的一份子嘛。

家族の＊一員だったんでしょうね。
ka.zo.ku.no.i.chi.i.n.da.t.ta.n.de.sho.o.ne

＊娘：女兒。　＊ふさぎ込む：悶悶不樂、不開心　＊一員：一份子。

● ● ● ●

失望

281

▶ 失望する [shi.tsu.bo.o.su.ru]

老是停留在課長這個職位，我對你真是失望透頂。

＊いつまでも＊課長止まり。あなたにはすっかり失望した。

i.tsu.ma.de.mo.ka.cho.o.do.ma.ri。
a.na.ta.ni.wa.su.k.ka.ri.shi.tsu.bo.o.shi.ta

我也很努力啊！只是周遭的人都太優秀了！

俺＊だって努力してるよ！＊ただ＊周りが優秀▸すぎるだけだ。

o.re.da.t.te.do.ryo.ku.shi.te.ru.yo! ta.da.ma.wa.ri.
ga.yu.u.shu.u.su.gi.ru.da.ke.da

＊**いつまでも**：永遠。

＊**課長止まり**：停在課長的職位上。

＊**〜だって**：〜也是。

＊**ただ**：只是、但是。

＊**周り**：周圍、附近。

句型分析

● **〜ないで**：不要做〜。
● **〜てから**：自從〜之後。
● **〜すぎる**：過於。例如：食べすぎる（吃太多）。

♪ 06-04

感到失落

寂寞、冷清 282

▶ さみしい [sa.mi.shi.i]

陳先生回國去了，變得好冷清。

陳(ちん)さんが帰国(きこく)して、*さみしくなったね。

chi.n.sa.n.ga.ki.ko.ku.shi.te、sa.mi.shi.ku.na.t.ta.ne

不知道他現在在做什麼？

*今(いま)ごろどうしてるかなあ？

i.ma.go.ro.do.o.shi.te.ru.ka.na.a

＊さみしい：寂寞、冷清。為さびしい的口語表現。
＊今(いま)ごろ：現在、這時候。

心被掏空般失落 283

▶ 心(こころ)にぽっかり穴(あな)が空(あ)く

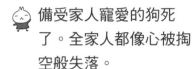

備受家人寵愛的狗死了。全家人都像心被掏空般失落。

＊かわいがってた犬(いぬ)が死(し)んだんです。家族全員(かぞくぜんいん)、心(こころ)に＊ぽっかり＊穴(あな)が＊空(あ)いちゃって・・・。

ka.wa.i.ga.t.te.ta.i.nu.ga.shi.n.da.n.de.su。
ka.zo.ku.ze.n.i.n、ko.ko.ro.ni.po.k.ka.ri.a.na.ga.a.i.cha.t.te

＊かわいがる：疼愛、喜愛。
＊ぽっかり：突然裂開。
＊穴(あな)：洞、窟窿。
＊空(あ)く：打開。

感到空虛 284

▶ むなしい [mu.na.shi.i]

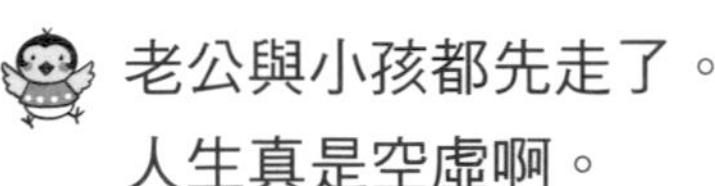

老公與小孩都先走了。人生真是空虛啊。

夫(おっと)にも子(こ)どもにも先立(さきだ)たれました。人生(じんせい)は＊むなしいです。

o.t.to.ni.mo.ko.do.mo.ni.mo.sa.ki.da.ta.re.ma.shi.ta。
ji.n.se.i.wa.mu.na.shi.i.de.su

＊むなしい：空虛、空洞。

想家、思鄉病

285

▶ ホームシック [ho.o.mu.shi.k.ku]

陳先生你最近好像沒什麼精神耶。怎麼了？

陳(ちん)さん、最近(さいきん)＊何(なん)だか＊元気(げんき)ないね。どうしたの？

chi.n.sa.n、sa.i.ki.n.na.n.da.ka.ge.n.ki.na.i.ne。do.o.shi.ta.no

最近有點想家的關係吧…

ちょっと＊ホームシックにかかっちゃって。

cho.t.to.ho.o.mu.shi.k.ku.ni.ka.ka.c.cha.t.te

＊何(なん)だか：總覺得、不知道為什麼，副詞。

＊元気(げんき)ない：沒精神。⇔ 元気(げんき)（精神、健康）。

＊ホームシック(homesick)：想家、思鄉病。

淒涼、悲哀

286

▶ もの悲しい [mo.no.ga.na.shi.i]

好冷清的商店街啊。

＊ずいぶん＊寂れた商店街だね。

zu.i.bu.n.sa.bi.re.ta.sho.o.te.n.ga.i.da.ne

連個人影都沒有，感覺好淒涼…

＊人影もなくて、何だか＊もの悲しい＊雰囲気・・・

hi.to.ka.ge.mo.na.ku.te、na.n.da.ka.mo.no.ga.na.shi.i.fu.n.i.ki

＊**ずいぶん**：很。

＊**寂れる**：沒有活力、寂寥的樣子。

＊**人影**：人影、人煙。

＊**雰囲気**：氣氛、氛圍。

＊**もの～**：接頭語，接在名詞及形容詞前加強語氣。例如：もの寂しい（寂寞）、物忘れ（健忘）。

♪ 06-05

失望透了

失望 ① 287

▶ がっかり [ga.k.ka.ri]

（人氣搖滾樂團的話題）這次的新專輯真令我失望。

（＊人気（にんき）＊ロックグループの話題（わだい））今度（こんど）の新（あたら）しい＊アルバムには＊がっかりした。

（ni.n.ki.ro.k.ku.gu.ru.u.pu.no.wa.da.i）ko.n.do.no.a.ta.ra.shi.i.a.ru.ba.mu.ni.wa.ga.k.ka.ri.shi.ta

我也這麼覺得。沒有自己的風格，變得無趣了。

私（わたし）も＊がっかり！「＊らしさ」がなくなって、つまんなくなったよね。

wa.ta.shi.mo.ga.k.ka.ri!「ra.shi.sa」ga.na.ku.na.t.te、tsu.ma.n.na.ku.na.t.ta.yo.ne

＊**人気（にんき）**：受歡迎、名氣。
＊**ロックグループ（rock group）**：搖滾樂團。
＊**アルバム（album）**：①相簿②專輯。在此為②的意思。
＊**がっかり**：失望、灰心。
＊**らしさ**：原有的樣子、風格。～さ是接尾語，將形容詞、形容動詞名詞化。例如：悲（かな）しさ（傷心）。

失望 ② 288

▶ がくっと来(く)る [ga.ku.t.to.ku.ru]

開開心心地來，卻臨時歇業，真是令人失望！

＊張(は)り切(き)って来(き)たのに臨時(りんじ)＊休業(きゅうぎょう)なんて、＊がくっと来(き)た。

ha.ri.ki.t.te.ki.ta.no.ni.ri.n.ji.kyu.u.gyo.o.na.n.te、ga.ku.t.to.ki.ta

＊張(は)り切(き)る：幹勁十足、精神百倍。　＊休業(きゅうぎょう)：歇業。

＊がくっと：①倒下②突然的變化（負面的）③受到打擊。在此為③的意思。

沒有想像中的好 289

▶ 期待(きたい)はずれ [ki.ta.i.ha.zu.re]

那間人人讚譽有加的餐廳如何呢？

あの＊評判(ひょうばん)の＊レストラン、＊どうだった？

a.no.hyo.o.ba.n.no.re.su.to.ra.n、do.o.da.t.ta

跟我想像的差很多，並不好吃。

期待(きたい)＊はずれだったよ。
＊たいしておいしくなかった。

ki.ta.i.ha.zu.re.da.t.ta.yo。
ta.i.shi.te.o.i.shi.ku.na.ka.t.ta

＊評判(ひょうばん)：評價、名聲。　＊レストラン(restaurant)：餐廳。　＊どうだった：如何。

＊はずれ：（期望）落空、（扣子）脱落。

＊たいして：（下接否定）並不那麼～、並不太。
例如：たいして安(やす)くない（不怎麼便宜）。

丟臉又難過 290

▶ 嘆(なげ)かわしい [na.ge.ka.wa.shi.i]

本班的平均分數，是全學年最差的。老師實在感到丟臉又難過！

このクラスの*平均点(へいきんてん)は、学年(がくねん)で*最下位(さいかい)でした。
先生(せんせい)は*じつに*嘆(なげ)かわしい！

ko.no.ku.ra.su.no.he.i.ki.n.te.n.wa、ga.ku.ne.n.de.sa.i.ka.i.de.shi.ta。
se.n.se.i.wa.ji.tsu.ni.na.ge.ka.wa.shi.i

＊平均点(へいきんてん)：平均分數。
＊最下位(さいかい)：次級、低位、下等。
＊じつに：實在、真是。
＊嘆(なげ)かわしい：令人嘆息、遺憾。

期中考（二年級）班級平均成績排名

中間テスト(2年生)
クラス別成績順位

1	2－2組
2	2－1〃
3	2－5〃
4	2－8〃
5	2－3〃
6	2－4〃
7	2－6〃
8	2－7

2-7

不像話劇場…

——瞬間解 high 篇

きみの瞳に乾杯！
敬妳那美麗的雙眸
なんてロマンチック♥
好浪漫♥

来週からニューヨークに出張だから、しばらく会えなくなるね
下禮拜要去紐約出差，暫時不能跟妳見面。
さみしいわ
好寂寞喔～
キャー♥かっこいい♥
哇♥～
好Man♥

ぼくの行きつけの店でもう少し話さない？
接下來去我常光顧的店如何？
ええ、よろこんで♥
嗯！好呀！

お客様、このカードはご利用できなくなっておりますが…
失望…
失望…
うそっ
不會吧！

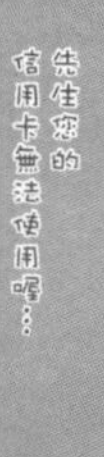

先生您的信用卡無法使用喔…

♪ 06-06

憂鬱

憂鬱、鬱悶 ① 291

▶ ブルー [bu.ru.u]

一想到明天開始又要每天在尖峰時刻通勤，我的心情就好鬱悶。

明日(あした)からまた*通勤(つうきん)*ラッシュの毎日(まいにち)かと思(おも)うと、*気分(きぶん)は*ブルーだなあ。

a.shi.ta.ka.ra.ma.ta.tsu.u.ki.n.ra.s.shu.no.ma.i.ni.chi.ka.to.o.mo.u.to、ki.bu.n.wa.bu.ru.u.da.na.a

是啊～那真是累！

あれは*しんどいよね。

a.re.wa.shi.n.do.i.yo.ne

*通勤(つうきん)：通勤、上下班。

*ラッシュ(rush)：尖峰時刻。

*気分(きぶん)：心情、氣氛。

*ブルー(blue)：①藍色②鬱悶。此為②的意思。

*しんどい：費勁、吃力、累。

憂鬱、鬱悶 ② 292

▶ 憂鬱（ゆううつ） [yu.u.u.tsu]

明天要開始考試了啊。心情真鬱悶～

明日（あした）からテストか。憂鬱（ゆううつ）～。
a.shi.ta.ka.ra.te.su.to.ka。yu.u.u.tsu

＊か：疑問助詞，表不確定的語氣。　＊憂鬱（ゆううつ）：憂鬱、鬱悶。

提不起勁 293

▶ 気（き）が重（おも）い [ki.ga.o.mo.i]

到羽田機場囉！

羽田空港（はねだくうこう）に＊到着（とうちゃく）！
ha.ne.da.ku.u.ko.o.ni.to.o.cha.ku.

可是一想到回家還要5個小時，我就沒勁了…

でも家（いえ）まで＊あと5時間（ごじかん）も＊かかると思（おも）うと、▸気（き）が重（おも）いよ。
de.mo.i.e.ma.de.a.to.go.ji.ka.n.mo.ka.ka.ru.to.o.mo.u.to、ki.ga.o.mo.i.yo

＊到着（とうちゃく）：抵達、到達。　＊あと：還要、再過。　＊かかる：花費（時間）。

句型分析

● 気（き）が重（おも）い：心情沉重、鬱悶。

がんばって
GOOD!
助けて
だれか
拾ってください

第7章

鼓勵

本篇收錄4個單元，整理出與日本朋友相處時的鼓勵與安慰場合，「別氣餒！」、「船到橋頭自然直」、「順其自然吧！」…滿腦子安慰朋友的話到口中卻常常只吐得出一句「頑張って」嗎？振奮人心的多種表現都在這一篇！

♪ 07-01

加油！

加油！① 294

▶ がんばって！ [ga.n.ba.t.te]

距離考試還有一週啊!

受験（じゅけん）*までであと一週（いっしゅ）*間（かん）か。

ju.ke.n.ma.de.a.to.i.s.shu.ka.n.ka

加油！我在一旁幫你加油打氣！

*がんばって！ 私（わたし）も*応援（おうえん）してるから！

ga.n.ba.t.te! wa.ta.shi.mo.o.o.e.n.shi.te.ru.ka.ra

*～まで：到，表示時間的終點。

*がんばる：加油。

*～間（かん）：期間＋間（かん），表示那段時間。

*応援（おうえん）：加油、聲援。

加油！② 295

▶ファイト！ [fa.i.to]

我快不行了…

もうだめだ～！
mo.o.da.me.da ～！

加油！再加把勁就抵達山頂了！

*ファイト！あと少(すこ)しで*頂上(ちょうじょう)だ！
fa.i.to! a.to.su.ko.shi.de.cho.o.jo.o.da

*ファイト(fight)：加油。　*頂上(ちょうじょう)：山頂、頂點。

別氣餒！ 296

▶くじけるな！ [ku.ji.ke.ru.na]

又被店長罵了。心情真差…

また店長(てんちょう)に怒(おこ)られた。
*落(お)ち込(こ)むなあ…。
ma.ta.te.n.cho.o.ni.o.ko.ra.re.ta。o.chi.ko.mu.na.a

別輕易氣餒！這不是你的作風啊！

簡単(かんたん)に*くじける*な！あなた▸らしくないよ！
ka.n.ta.n.ni.ku.ji.ke.ru.na! a.na.ta.ra.shi.ku.na.i.yo

*落(お)ち込(こ)む：陷入、掉進，引申為意志消沉的意思。　*くじける：氣餒、沮喪。
*な：命令型。

句型分析

● らしくない：不像～。

加油好嗎！ 297

▶ しっかりしてよ！ [shi.k.ka.ri.shi.te.yo]

加點油好嗎！你是哥哥耶！

もっと＊しっかりしてよ！おにいちゃんなんだから！。

mo.t.to.shi.k.ka.ri.shi.te.yo! o.ni.i.cha.n. na.n.da.ka.ra

＊しっかり：確實、牢靠。

だから與なんだから意思相近，其中的差別在於なんだから比だから更具有主觀的強調口氣。

だから

例句：雨だから出かけなくてもいいんじゃない！（下雨了就別出去了吧！）

なんだから

例句：雨なんだから出かけなくてもいいんじゃない！（都下雨了別出去不是比較好嗎！）

加油！保持下去！① 298

▶ 負(ま)けないで！ [ma.ke.na.i.de]

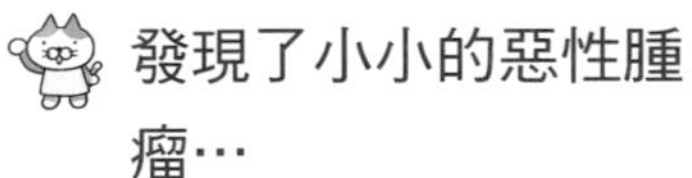

發現了小小的惡性腫瘤…	小(ちい)さい癌(がん)が見(み)つかったんです…。 chi.i.sa.i.ga.n.ga.mi.tsu.ka.t.ta.n.de.su
別被癌症打敗！一定會有救的！	*癌(がん)になんか負(ま)けないで！きっと*助(たす)かるから。 ga.n.ni.na.n.ka.ma.ke.na.i.de! ki.t.to.ta.su.ka.ru.ka.ra

*癌(がん)：癌症。　　*助(たす)かる：得救、幫助。

加油！保持下去！② 299

▶ 行(い)け！その調子(ちょうし)！ [i.ke! so.no.cho.o.shi]

加油！就是這樣保持下去！你快贏了！	行(い)け*行(い)け！その*調子(ちょうし)！勝(か)てるぞ！ i.ke.i.ke! so.no.cho.o.shi! ka.te.ru.zo

*行(い)け：衝啊！上啊！行(い)く的命令型。　　*調子(ちょうし)：狀況。

注意　此句為自己支持的那一方狀況良好時的加油語句。

打起精神來！ 300

▶ 元気出して！ [ge.n.ki.da.shi.te]

 差一點點我就贏了…

あともうちょっとだったのに、負けちゃった…。

a.to.mo.o.cho.t.to.da.t.ta.no.n.i、ma.ke.cha.t.ta

 打起精神來！你已經盡力了！

元気*出して！よくがんばったよ。

ge.n.ki.da.shi.te! yo.ku.ga.n.ba.t.ta.yo

＊出す：①拿出、提出。例如：レポートを出す（交報告）②打起（精神）。例如：勇気を出す（鼓起勇氣）。此為②的意思。

沒問題 301

▶ 大丈夫 [da.i.jo.o.bu]

 我真的可以當隊長嗎？

私*なんかが*チームリーダーでいいのかな。

wa.ta.shi.na.n.ka.ga.chi.i.mu.ri.i.da.a.de.i.i.no.ka.na

沒問題的！要有自信啊！

大丈夫だよ！*自信持って！

da.i.jo.o.bu.da.yo! ji.shi.n.mo.t.te

＊なんか：之類、等等，相當於など的口語。

＊チームリーダー（team leader）：隊長。　＊自信：自信、信心。

別悶悶不樂！ 302

▶ くよくよするな！ [ku.yo.ku.yo.su.ru.na]

男子漢別因為失戀這種小事就悶悶不樂！

男（おとこ）が失恋（しつれん）*くらいで*いつまでも*くよくよするな！

o.to.ko.ga.shi.tsu.re.n.ku.ra.i.de.i.tsu.ma.de.mo.ku.yo.ku.yo.su.ru.na

這已經是第30次失戀了…

これで３０（さんじゅっ）*回目（かいめ）の失恋（しつれん）なんだよ…。

ko.re.de.sa.n.ju.k.ka.i.me.no.shi.tsu.re.n.na.n.da.yo

＊**くらい**：這麼點（表示微不足道的程度）。

＊**くよくよ**：悶悶不樂的。

＊**いつまでも**：一直都、永遠都。

＊**～回目（かいめ）**：第～次。

♪ 07-02

順其自然吧！

順其自然 303

▶ なるようになる [na.ru.yo.o.ni.na.ru]

接下來不知會變得如何…

これから*先(さき)どうなること*やら。

ko.re.ka.ra.sa.ki.do.o.na.ru.ko.to.ya.ra

擔心也沒有用的，順其自然吧。

心配(しんぱい)しても*しかたない。なるようになるさ。

shi.n.pa.i.shi.te.mo.shi.ka.ta.na.i。na.ru.yo.o.ni.na.ru.sa

＊先(さき)：今後、將來。　＊やら：呢？終助詞，常用於疑問句。

＊しかたない：沒有用、沒辦法。

人生不如意十之八九 304

▶ こんな時(とき)もある [ko.n.na.to.ki.mo.a.ru]

先是被資遣、接著老婆也跑了…唉～（嘆氣）	*リストラされる▸し、▸妻（つま）は出（で）ていく▸し…。はぁ～…（*ため息（いき）） ri.su.to.ra.sa.re.ru.shi、tsu.ma.wa.de.te.i.ku.shi…。ha.a ～…（ta.me.i.ki）
人生呀！不如意十之八九，喝吧！	こんな時（とき）もある*さ。まあ飲（の）めよ。 ko.n.na.to.ki.mo.a.ru.sa。ma.a.no.me.yo

***リストラ**：資遣，リストラクチュアリング（restructuring）的略語。

***ため息（いき）**：嘆氣。

***さ**：終助詞，常用於感嘆的句子。

句型分析

● **～し～し**：（表並列）既～又～。

例句：

この喫茶店（きっさてん）はコーヒーもおいしいし、食事もできるし、それに値段（ねだん）も高（たか）くないです。（這家咖啡廳不但咖啡好喝、也能用餐，而且價格還不貴。）

● **妻（つま）は出（で）て行（い）く**：老婆跑了。這裡可不是説老婆出門買東西，而是指離家出走的意思。

船到橋頭自然直

305

▶明日は明日の風が吹く

[a.shi.ta.wa.a.shi.ta.no.ka.ze.ga.fu.ku]

我的前途真是多災多難！

＊前途多難だなあ。

ze.n.to.ta.na.n.da.na.a

煩惱也沒用啊！俗話說，船到橋頭自然直不是嗎！

＊気に病んでも仕方ないよ。明日は明日の風が＊吹くって言うじゃない！

ki.ni.ya.n.de.mo.shi.ka.ta.na.i.yo。a.shi.ta.wa.a.shi.ta.no.ka.ze.ga.fu.ku.t.te.i.u.ja.na.i

＊**前途多難**：前途渺茫多災多難。　＊**吹く**：吹。

COLUMN

明日は明日の風が吹く

船到橋頭自然直。是電影《亂世佳人》中，女主角郝思嘉最後的台詞（Tomorrow is another day.），原著 Margaret Mitchell。

句型分析

● **気に病む**：煩惱、焦慮。

会社更生法
公司申請破產
KAERU COMPANY
明日は明日の風が吹く！
船到橋頭自然直
いつまでもくよくよしないで、今日できる事から始めましょう
別一直這麼沮喪嘛！就從現在能做的事做起吧！
ね、社長！
董事長

♪ 07-03

你可以的

別在意是最好的辦法 306

▶ 気(き)にしないのが一番(いちばん)

[ki.ni.shi.na.i.no.ga.i.chi.ba.n]

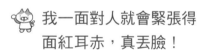

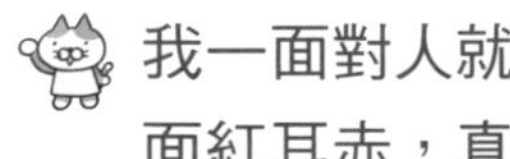

我一面對人就會緊張得面紅耳赤，真丟臉！

私(わたし)、*人前(ひとまえ)で*上(あ)がると*赤面症(せきめんしょう)になるのが恥(は)ずかしくって。

wa.ta.shi、hi.to.ma.e.de.a.ga.ru.to.se.ki.me.n.sho.o.ni.na.ru.no.ga.ha.zu.ka.shi.ku.t.te

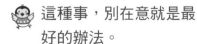

這種事，別在意就是最好的辦法。

そういうのは気(き)にしないのが一番(いちばん)です。

so.o.i.u.no.wa.ki.ni.shi.na.i.no.ga.i.chi.ba.n.de.su

*人前(ひとまえ)：眾人前。　*上(あ)がる：登、上。例句中為「面對」人群的意思。

*赤面症(せきめんしょう)：容易臉紅、害羞的毛病。也有人說上(あ)がり症(しょう)。

冷靜點 307

▶ 落(お)ち着(つ)いて [o.chi.tsu.i.te]

就快換我了！哇～怎麼辦！我好緊張！

もうすぐ私(わたし)の*番(ばん)だ。わーっ、どうしよう！*パニックってきた！

mo.o.su.gu.wa.ta.shi.no.ba.n.da。wa.a、do.o.shi.yo.o! pa.ni.k.ku.t.te.ki.ta

冷靜點！放輕鬆、放輕鬆！

*落(お)ち着(つ)いて！*リラックス、リラックス。

o.chi.tsu.i.te! ri.ra.k.ku.su、ri.ra.k.ku.su

＊番(ばん)：次序。
＊落(お)ち着(つ)く：冷靜、從容。
＊パニック(panic)：緊張、恐慌不安。
＊リラックス(relax)：放鬆。

現在才開始呀！ 308

▶ これからじゃない！ [ko.re.ka.ra.ja.na.i]

我已經老了，什麼都做不了了！

私(わたし)はもう*年(とし)だから、
何(なに)もできないよ。

wa.ta.shi.wa.mo.o.to.shi.da.ka.ra、
na.ni.mo.de.ki.na.i.yo

你在說什麼呀！你的人生現在才開始不是嗎！

何(なに)言(い)ってるの！人生(じんせい)はこれからじゃない！

na.ni.i.t.te.ru.no! ji.n.se.i.wa.ko.re.ka.ra.ja.na.i

＊年(とし)：年齡、年紀。

♪ 07-04

我支持你！

在一旁支持 309

▶ ～がついてる [～ga.tsu.i.te.ru]

比賽時加油喔陽子！有我們大家在一旁支持妳！

＊本番(ほんばん)がんばって！陽子(ようこ)には私(わたし)たちみんなが＊ついてるからね！

ho.n.ba.n.ga.n.ba.t.te! yo.o.ko.ni.wa.wa.ta.shi.ta.chi.mi.n.na.ga.tsu.i.te.ru.ka.ra.ne

謝謝大家！

みんな、ありがとう！

mi.n.na、a.ri.ga.to.o

＊本番(ほんばん)：正式表演。

＊ついてる：跟著，引申為陪伴在身邊。ついている的口語。

站在你這一邊 310

▶ お前(まえ)の味方(みかた) [o.ma.e.no.mi.ka.ta]

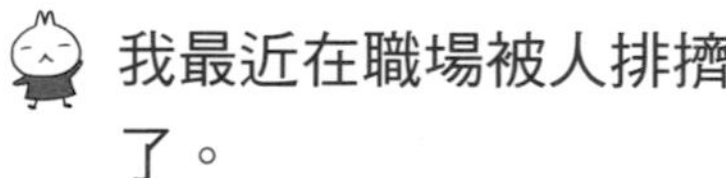

我最近在職場被人排擠了。

最近(さいきん) 職場(しょくば)で*孤立(こりつ)してるんだ。

sa.i.ki.n.sho.ku.ba.de.ko.ri.tsu.shi.te.ru.n.da

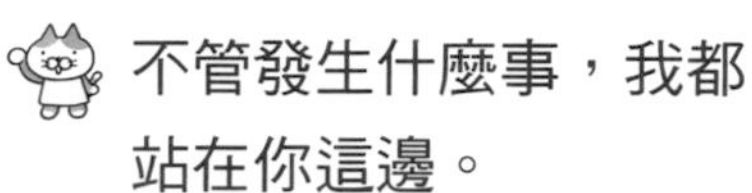

不管發生什麼事，我都站在你這邊。

俺(おれ)は何(なに)があっても*お前(まえ)の*味方(みかた)だからな！

o.re.wa.na.ni.ga.a.t.te.mo.o.ma.e.no.mi.ka.ta.da.ka.ra.na

＊孤立(こりつ)する：排擠。

＊味方(み)：我方、同夥。

＊お前(まえ)：你，較粗魯的說法，不能對長輩使用。

有我幫得上忙的地方請跟我說 311

▶ できることがあったら言(い)って

[de.ki.ru.ko.to.ga.a.t.ta.ra.i.t.te]

我媽住院了。

お母(かあ)さんが*入院(にゅういん)したんです。

o.ka.a.sa.n.ga.nyu.u.i.n.shi.ta.n.de.su

有我可以幫得上忙的地方請儘管說！

私(わたし)にできることがあったらなんでも言(い)ってね！

wa.ta.shi.ni.de.ki.ru.ko.to.ga.a.t.ta.ra.na.n.de.mo.i.t.te.ne

＊入院(にゅういん)する：住院。

放心吧！ 312

▶ 安心して [a.n.shi.n.shi.te]

東京這麼大，感覺會迷路耶！

＊広い東京で迷いそうだなあ。
hi.ro.i.to.o.kyo.o.de.ma.yo.i.so.o.da.na.a

放心啦！我會去車站接你的。

安心して！私が駅＊まで迎えに行くから。
a.n.shi.n.shi.te! wa.ta.shi.ga.e.ki.ma.de.mu.ka.e.ni.i.ku.ka.ra

＊広い：寬廣。

＊～まで：到，表示地點的終點。

見外 313

▶ 水くさい [mi.zu.ku.sa.i]

托中田的福得救了，真的非常感謝！

中田のおかげで助かった。本当に感謝するよ。
na.ka.ta.no.o.ka.ge.de.ta.su.ka.t.ta。ho.n.to.o.ni.ka.n.sha.su.ru.yo

我們是朋友耶，你真是太見外了！早點告訴我就好了嘛！

友だち＊同士な＊のに、水くさい！もっと早く言ってくれればよかったのに。
to.mo.da.chi.do.o.shi.na.no.ni、mi.zu.ku.sa.i! mo.t.to.ha.ya.ku.i.t.te.ku.re.re.ba.yo.ka.t.ta.no.ni

＊同士：朋友。

＊のに：卻、但是，逆接接續助詞。

有困難時要互相幫忙 314

▶困(こま)ったときはお互(たが)い様(さま)

[ko.ma.t.ta.to.ki.wa.o.ta.ga.i.sa.ma]

因為我的關係，連帶還給木村小姐惹上麻煩，真是對不起！

私(わたし)の▸せいで木村(きむら)さん▸にまでご▸迷惑(めいわく)を掛(か)けして、すみません。

wa.ta.shi.no.se.i.de.ki.mu.ra.sa.n.ni.ma.de.go.me.i.wa.ku.o.ka.ke.shi.te、su.mi.ma.se.n

沒關係啦，有困難的時候就是要互相幫忙嘛！

いいのよ、*困(こま)ったときは*お互(たが)い様(さま)▸でしょ！

i.i.no.yo、ko.ma.t.ta.to.ki.wa.o.ta.ga.i.sa.ma.de.sho

＊困(こま)る：困難、煩惱。
＊お互(たが)い様(さま)：彼此彼此、處境相同，引申為互相幫忙的意思。互(たが)い：互相、彼此。

句型分析

- 迷(まよ)いそう：好像會迷路。動詞ます型＋そう表示推斷好像～的樣子。
- 迎(むか)えに行(い)く：去接你。～に行く為「去做某事」的固定用法。例如：買(か)いに行(い)く（去買）。
- おかげで：多虧了、托您的福。
- ～ば：～的話。
- せいで：因為。只用在負面。
- ～にまで：連～都…。
- 迷惑(めいわく)を掛(か)ける：添麻煩。
- でしょ：「嘛！」、「吧！」でしょう的口語。

我可以幫忙 315

▶ 力(ちから)になるよ [chi.ka.ra.ni.na.ru.yo]

這是我的e-mail，有困難的話請隨時聯絡我，我會盡量幫忙的。

これ、私(わたし)の＊メアド。困(こま)ったときは▸いつでも連絡(れんらく)＊ちょうだいね。▸できるだけ▸力(ちから)になるから。

ko.re、wa.ta.shi.no.me.a.do。ko.ma.t.ta.to.ki.wa.i.tsu.de.mo.re.n.ra.ku.cho.o.da.i.ne。de.ki.ru.da.ke.chi.ka.ra.ni.na.ru.ka.ra

我好高興，這下我就放心了。

うれしい！＊心強(こころづよ)いです！

u.re.shi.i! ko.ko.ro.zu.yo.i.de.su

＊メアド：電子郵件地址。メールアドレス(mail address)的略語。

＊ちょうだい：給我～，口語的講法。

＊心強(こころづよ)い：放心。

交給我了 316

▶ まかせて [ma.ka.se.te]

這裡交給我就可以了！請儘管安心吧！

ここは私(わたし)にまかせて！▸大船(おおぶね)に乗(の)った気(き)になっていてくださいよ。

ko.ko.wa.wa.ta.shi.ni.ma.ka.se.te! o.o.bu.ne.ni.no.t.ta.ki.ni.na.t.te.i.te.ku.da.sa.i.yo

就是因為你，所以才不放心啊…

君(きみ)だから不安(ふあん)▸なんだ…。

ki.mi.da.ka.ra.fu.a.n.na.n.da

句型分析

- いつでも：隨時。
- できるだけ：盡量、盡可能。
- 力（ちから）になる：幫得上忙。
- 大船（おおぶね）に乗（の）る：（如同坐在大船上）安心、放心。
- なんだ：なのだ的口語，意同於です。

GOOD!
がんばって
次へ

第8章 害怕・驚嚇

本篇收錄6個單元，包括擔憂型的害怕、毛骨悚然的恐懼、突然被嚇到的驚恐…等。害怕的層次感身為日語學習者的你也可以活靈活現地表達，擺脫呆板的說話模式，讓日本人都覺得哇！你的日語好溜！

♪ 08-01

好恐怖！

好可怕 317

▶ 恐(おそ)ろしい [o.so.ro.shi.i]

聽說火山爆發把整個村子都毀了。

＊火山(かざん)が＊噴火(ふんか)して、村(むら)が＊全滅(ぜんめつ)したんだって。

ka.za.n.ga.fu.n.ka.shi.te、mu.ra.ga.ze.n.me.tsu.shi.ta.n.da.t.te

好可怕喲！

恐(おそ)ろしいね！

o.so.ro.shi.i.ne

＊**火山**(かざん)：火山。　＊**噴火**(ふんか)：爆發、噴火。　＊**全滅**(ぜんめつ)：全毀。

無法言喻的可怕 318

▶ 恐(おそ)ろしいなんてもんじゃない

[o.so.ro.shi.i.na.n.te.mo.n.ja.na.i]

地震發生時，你是什麼感覺？

地震(じしん)が＊起(お)きた時(とき)は、どんなお気持(きも)ちでしたか？

ji.shi.n.ga.o.ki.ta.to.ki.wa、do.n.na.o.ki.mo.chi.de.shi.ta.ka

我已經害怕到不是恐怖兩個字可形容了！

恐ろしいなんて*もんじゃなかったですよ！

o.so.ro.shi.i.na.n.te.mo.n.ja.na.ka.t.ta.de.su.yo

*起きる：發生。例如：火災が起きる（發生火災）。

*もん：東西、事物、人，もの的口語。

恐怖、可怕 319

▶ 怖い [ko.wa.i]

底下就是斷崖了。

*すぐ下は*断崖絶壁だ。

su.gu.shi.ta.wa.da.n.ga.i.ze.p.pe.ki.da

好可怕！我兩腿發軟～

怖い！足がすくんじゃうよ～。

ko.wa.i! a.shi.ga.su.ku.n.ja.u.yo

*すぐ：馬上、立刻。在此為很近的意思。

*断崖絶壁：斷崖峭壁。

句型分析

- 足がすくむ：兩腳發軟。すくむ：畏懼、縮成一團。
- じゃう：てちゃう的口語。てしまう→ちゃう→じゃう。

腿發抖

320

▶ 足(あし)が震(ふる)える [a.shi.ga.fu.ru.e.ru]

假幽靈扮得太像，我嚇得腿都發抖了…

幽霊(ゆうれい)が▸あまりに▸よくできてて、足(あし)が*がたがた*震(ふる)えたよ。

yu.u.re.i.ga.a.ma.ri.ni.yo.ku.de.ki.te.te、a.shi.ga.ga.ta.ga.ta.fu.ru.e.ta.yo

咦？應該沒有人扮假幽靈啊…

えっ？幽霊(ゆうれい)の*仕掛(しか)けはないはずだけど…

e? yu.u.re.i.no.shi.ka.ke.wa.na.i.ha.zu.da.ke.do

＊がたがた：發抖、顫抖。

＊震(ふる)える：發抖、打顫。

＊仕掛(しか)け：裝置、設置。

嚇到腿軟

321

▶ 腰(こし)が抜(ぬ)ける [ko.shi.ga.nu.ke.ru]

殭屍來了！快逃！

＊ゾンビが＊襲(おそ)ってきた！＊逃(に)げろ！
zo.n.bi.ga.o.so.t.te.ki.ta! ni.ge.ro!

不行了！我嚇到腿軟，跑不動了！

だめだ、恐怖(きょうふ)▸のあまり▸腰(こし)が抜(ぬ)けて＊動(うご)けない！
da.me.da、kyo.o.fu.no.a.ma.ri.ko.shi.ga.nu.ke.te.u.go.ke.na.i

＊ゾンビ(zombie)：殭屍。
＊襲(おそ)う：襲擊、突然到來。
＊逃(に)げろ：快逃，逃(に)げる的命令型。
＊動(うご)けない：不能動，動(うご)く的可能型＋ない。

句型分析

- あまりに：很、太。
- よくできた：做得很好。
- ～のあまり：名詞＋のあまり，過於～。
- 腰(こし)が抜(ぬ)ける：因為太害怕而站不起來。

♪ 08-02

毛毛的

毛毛的 322

▶ 不気味（ぶきみ） [bu.ki.mi]

晚上待在廢棄的學校，感覺怎樣？

夜（よる）の*廢校（はいこう）の中（なか）って、どうだった？
yo.ru.no.ha.i.ko.o.no.na.ka.t.te、do.o.da.t.ta

烏漆抹黑的，很毛耶～！

*真（ま）っ暗（くら）で、*不気味（ぶきみ）だった～～～！
ma.k.ku.ra.de、bu.ki.mi.da.t.ta

*廢校（はいこう）：老舊荒廢的學校。

*真（ま）っ～：接頭語，真正的～。

例如：真（ま）っ黒（くろ）（漆黑）、真（ま）っ赤（か）（通紅）、真（ま）っ向（こう）（正面）。

*不気味（ぶきみ）：毛毛的，令人不舒服。

寒毛直豎

323

▶ 寒気(さむけ)がする [sa.mu.ke.ga.su.ru]

看了這張靈異照片，感覺寒毛直豎。

この*心霊写真(しんれいしゃしん)を見(み)てると、*ぞくっと▸寒気(さむけ)がしたよ。

ko.no.shi.n.re.i.sha.shi.n.o.mi.te.ru.to、zo.ku.t.to.sa.mu.ke.ga.shi.ta.yo

少蠢了！我看它是合成照片吧！

ばかみたい。どうせ*合成写真(ごうせいしゃしん)でしょ。

ba.ka.mi.ta.i。do.o.se.go.o.se.i.sha.shi.n.de.sho

＊**心霊写真(しんれいしゃしん)**：靈異照片。心霊(しんれい)（靈魂）

＊**ぞくっと**：因為恐懼、害怕而顫抖、打哆嗦。

＊**合成写真(ごうせいしゃしん)**：合成照片。

句型分析

● **～って**：說到前述的～。

● **寒気(さむけ)がする**：感到一股寒意。

補充：気(き)がする。（感覺～）

例句：分(わ)かるような気(き)がする。（感覺好像懂了）。

令人不舒服　324

▶ 気味(きみ)が悪(わる)い [ki.mi.ga.wa.ru.i]

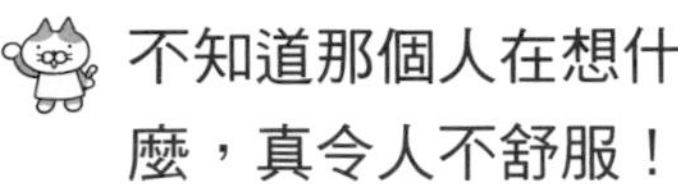

不知道那個人在想什麼，真令人不舒服！

あの人、何(なに)考(かんが)えてるかわからなくて▸気味(きみ)が悪(わる)いね。

a.no.hi.to、na.ni.ka.n.ga.e.te.ru.ka.wa.ka.ra.na.ku.te.ki.mi.ga.wa.ru.i.ne

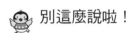

別這麼說啦！

そういうこと言(い)うんじゃないの！

so.o.i.u.ko.to.i.u.n.ja.na.i.no

令人毛骨悚然！　325

▶ ぞっとする [zo.t.to.su.ru]

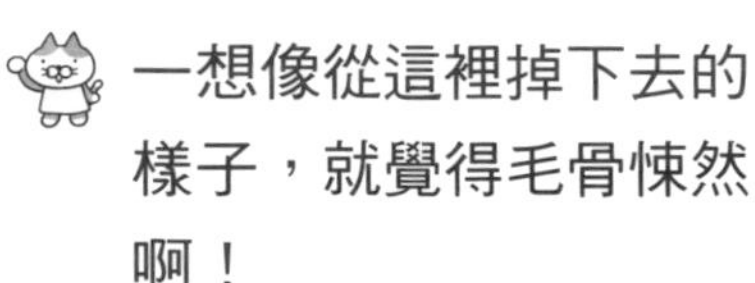

一想像從這裡掉下去的樣子，就覺得毛骨悚然啊！

ここから＊落(お)ちたらと想像(そうぞう)すると、＊ぞっとする！

ko.ko.ka.ra.o.chi.ta.ra.to.so.o.zo.o.su.ru.to、zo.t.to.su.ru ！

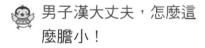

男子漢大丈夫，怎麼這麼膽小！

男(おとこ)▸のくせに＊恐(こわ)がりなんだから。

o.to.ko.no.ku.se.ni.ko.wa.ga.ri.na.n.da.ka.ra

＊**ぞっとする**：因為恐懼、害怕而顫抖、打哆嗦。

＊**落(お)ちたら**：落下、掉落的話。

＊**恐(こわ)がり**：膽小鬼。

起雞皮疙瘩 326

▶ 鳥肌が立つ [to.ri.ha.da.ga.ta.tsu]

看恐怖電影時，我身體會一直起雞皮疙瘩。

恐怖映画を見てる*間中、ずっと*鳥肌が立ってたよ。

kyo.o.fu.e.i.ga.o.mi.te.ru.ma.na.ka、zu.t.to.to.ri.ha.da.ga.ta.t.te.ta.yo

而且妳還會從頭到尾一直尖叫。

*しかも*叫び▸っぱなしだったね。

shi.ka.mo.sa.ke.bi.p.pa.na.shi.da.t.ta.ne

*間中：中途、一半的時候。

*鳥肌：雞皮疙瘩。

*しかも：而且。

*叫ぶ：喊叫。

句型分析

- **気味が悪い**：（心理上的）不舒服、毛骨悚然。
- **～のくせに**：名詞＋**のくせに**，明明～卻，表達出不如預期的不滿。
- **～っぱなし**：動詞**ます**型＋**っぱなし**，一直、總是，表示相同的事情、狀態持續著。

例如：置きっぱなし（放著不管）。
　　　窓を開けっぱなし（窗開著不關）。

♪ 08-03

後果不堪設想

後果不堪設想 ① 327

▶ あとが怖い(こわ) [a.to.ga.ko.wa.i]

萬一惹增田先生生氣的話，後果不堪設想⋯

増田(ますだ)さんのご*機嫌(きげん)を*損(そこ)ねるとあとが怖(こわ)いから。

ma.su.da.sa.n.no.go.ki.ge.n.o.so.ko.ne.ru.to.a.to.ga.ko.wa.i.ka.ra

是啊！還是先乖乖聽從他的指示再說。

そうだよね、ここは黙(だま)って言(い)う‣とおりにし‣ておこう。

so.o.da.yo.ne、ko.ko.wa.da.ma.t.te.i.u.to.o.ri.ni.shi.te.o.ko.o

＊機嫌(きげん)：心情。

＊損(そこ)ねる：得罪、傷害。

後果不堪設想 ② 328

▶ あとで泣(な)きを見(み)る [a.to.de.na.ki.o.mi.ru]

現在若不小心違抗了上司，後果不堪設想！

ここで▸へたに上司に＊逆らうと、あとで▸泣きを見る▸ことになる。

ko.ko.de.he.ta.ni.jo.o.shi.ni.sa.ka.ra.u.to、a.to.de.na.ki.o.mi.ru.ko.to.ni.na.ru

但是我對於這種不法行為，就是沒辦法袖手旁觀嘛！

▸だからって、こんな＊不正黙って＊見過ごせないよ！

da.ka.ra.t.te、ko.n.na.fu.se.i.da.ma.t.te.mi.su.go.se.na.i.yo

＊**逆らう**：違背、抵抗。

＊**不正**：不當、不法。

＊**見過ごす**：睜一隻眼閉一隻眼。

句型分析

- **とおり**：按照～。
- **～ておこう**：先做～吧。
- **へたに**：笨拙地、不小心地。
- **泣きを見る**：遭到慘痛的後果。
- **～ことになる**：變成～
- **だからって**：因為。

會惹來麻煩 329

▶ 痛(いた)い目(め)に遭(あ)う [i.ta.i.me.ni.a.u]

我去警告那傢伙幾句。

＊あいつに＊ひと言(こと)＊注意(ちゅうい)してくる。

a.i.tsu.ni.hi.to.ko.to.chu.u.i.shi.te.ku.ru

我勸你別去了！去了反而會惹來麻煩的呀！

▸やめとい▸たほうがいいって！＊逆(ぎゃく)に▸痛(いた)い目(め)に遭(あ)うよ！

ya.me.to.i.ta.ho.o.ga.i.i.t.te!
gya.ku.ni.i.ta.i.me.ni.a.u. yo

＊**あいつ**：那傢伙。

＊**ひと言(こと)**：一句話。

＊**注意(ちゅうい)する**：①注意、小心②警告。此為②的意思。

＊**逆(ぎゃく)に**：反而。

被殺掉！ 330

▶ ぶっ殺(ころ)される [bu.k.ko.ro.sa.re.ru]

內田那個老太婆，一付自以為是的樣子！

内田(うちだ)の＊くそばばあ、▸いい気(き)になり▸やがって！

u.chi.da.no.ku.so.ba.ba.a、i.i.ki.ni.na.ri.ya.ga.t.te

這番話讓那歐巴桑聽到看看！小心你性命不保！

そんなことばがあのおばさんの▸耳(みみ)に入(はい)っ▸てみろ！お前(まえ)▸ぶっ殺(ころ)されるぞ！

so.n.na.ko.to.ba.ga.a.no.o.ba.sa.n.no.mi.mi.ni.ha.
i.t.te.mi.ro! o.ma.e.bu.k.ko.ro.sa.re.ru.zo

＊**くそばばあ**：臭老太婆。

不會放過你 331

▶ ただじゃすまない [ta.da.ja.su.ma.na.i]

聽說你這個女朋友超愛亂吃醋的？	今の彼女、＊めちゃめちゃ▸嫉妬深いんだって？ i.ma.no.ka.no.jo、me.cha.me.cha.shi.t.to.bu.ka.i.n.da.t.te
只要和別的女生說幾句話，她就要和我沒完沒。	ちょっとでも他の女の子と▸口を利こう▸ものなら、あとで▸ただじゃすまないんだ。 cho.t.to.de.mo.ho.ka.no.o.n.na.no.ko.to.ku.chi.o.ki.ko.o.mo.no.na.ra、a.to.de.ta.da.ja.su.ma.na.i.n.da

＊**めちゃめちゃ**：這裡形容程度之大。

句型分析

- **やめといた**：不要做～。**やめておいた**的口語。
- **～たほうがいい**：～的話比較好，給人建議時使用。
- **痛い目に遭う**：受到慘痛的遭遇。
- **いい気になる**：自以為是、囂張。
- **～やがる**：動詞**ます**型＋**やがる**，表示厭惡的粗魯話。
- **耳に入る**：聽見。
- **～てみろ**：讓他聽聽看**～てみる**的命令型。
- **ぶっ殺す**：打死。由**ぶち殺す**變化而來。
- **嫉妬深い**：愛嫉妒、愛吃醋。

  ～深い：接尾語，深的、強烈的，接在名詞後。
- **口を利く**：①說話②口才很好。在此為①說話的意思。
- **～ものなら**：動詞意量型＋**ものなら**，如果要～的話。
- **ただじゃすまない**：沒完沒了、不會輕易被放過。

♪ 08-04

救命呀！

救命！ 332

▶ 助(たす)けて！ [ta.su.ke.te]

救命啊！

*助(たす)けてー！
ta.su.ke.te.e

＊助(たす)けて：救命！

誰來救救我！ 333

▶ 誰(だれ)か！ [da.re.ka]

誰來救救我！

*キャー！▸誰(だれ)かー！
kya.a! da.re.ka.a

＊キャー：尖叫聲。

句型分析

● 誰(だれ)か：誰（來救救我呀！）日語中常有這種省略用法，可依前後文判定後面省略的部分為何。在此省略了助(たす)けて。

小偷！ 334

▶ 泥棒（どろぼう）！ [do.ro.bo.o]

小偷！誰快去抓他呀！

*泥棒（どろぼう）！誰（だれ）か*そいつを*捕（つか）まえて！
do.ro.bo.o! da.re.ka.so.i.tsu.o.tsu.ka.ma.e.te

*泥棒（どろぼう）：小偷。 *そいつ：那小子。 *捕（つか）まえる：抓住、捉拿。

色狼、變態！ 335

▶ 痴漢（ちかん）！ [chi.ka.n]

有色狼！這個人是色狼！

*痴漢（ちかん）！この人（ひと）痴漢（ちかん）よ！
chi.ka.n! ko.no.hi.to.chi.ka.n.yo

*痴漢（ちかん）：色狼、變態。

殺人喔！ 336

▶ 人殺（ひとごろ）し！ [hi.to.go.ro.shi]

殺人喔！

*人殺（ひとごろ）しー！
hi.to.go.ro.shi.i

*人殺（ひとごろ）し：殺人犯。

快報警！ 337

▶ 警察(けいさつ)を呼(よ)ぶ [ke.i.sa.tsu.o.yo.bu]

有人在打架！誰快幫忙叫警察呀！

喧嘩(けんか)してる人(ひと)＊たちがいます。誰(だれ)か警察(けいさつ)を呼(よ)んでください！

ke.n.ka.shi.te.ru.hi.to.ta.chi.ga.i.ma.su。da.re.ka.ke.i.sa.tsu.o.yo.n.de.ku.da.sa.i

＊たち：接尾語，～們。例如：君(きみ)たち（你們）。

發生火災了！ 338

▶ 火事(かじ)だー！ [ka.ji.da.a]

發生火災了！

＊火事(かじ)だー！

ka.ji.da.a

＊火事(かじ)：火災、失火。

快叫救護車！ 339

▶ 救急車(きゅうきゅうしゃ)を呼(よ)んでください！

[kyu.u.kyu.u.sha.o.yo.n.de.ku.da.sa.i]

 對不起，請幫我叫救護車！

すみません、救急車(きゅうきゅうしゃ)を呼(よ)んでください！

su.mi.ma.se.n、kyu.u.kyu.u.sha.o.yo.n.de.ku.da.sa.i

＊救急車(きゅうきゅうしゃ)：救護車。

報警：電話號碼是 110，唸法是ひゃくとおばん。

叫救護車：電話號碼是 119，唸法是ひゃくじゅうきゅうばん。

♪ 08-05

嚇一跳

危險！ 340

▶ 危(あぶ)ない！ [a.bu.na.i]

 危險！

危(あぶ)ない！
a.bu.na.i

啊～嚇我一跳！差一點點就被車撞到了。

あー*びっくりした！もう少(すこ)しで車(くるま)にひかれる*とこだった。
a.a.bi.k.ku.ri.shi.ta! mo.o.su.ko.shi.de.ku.ru.ma.ni.hi.ka.re.ru.to.ko.da.t.ta

＊びっくりする：嚇一跳、吃驚。 ＊とこ：地方、時候。ところ的縮寫。

嚇一跳 341

▶ どきっとする [do.ki.t.to.su.ru]

喂～西村！

*おーい、西村(にしむら)！
o.o.i、ni.shi.mu.ra

 突然叫我名字，害我嚇了一跳！

*急(きゅう)に*名前(なまえ)*呼(よ)ばれて、*どきっとしたよ。
kyu.u.ni.na.ma.e.yo.ba.re.te、do.ki.t.to.shi.ta.yo

＊おーい：喂。　＊急(きゅう)に：突然。　＊名前(なまえ)：名字。
＊呼(よ)ばれる：被叫、被稱為～。　＊どきっと：形容被嚇到，心跳突然加快的樣子。

驚！ 342

▶ ぎくっ！ [gi.ku]

喂！和你一起兩人合照的那位是誰？

ねえ、あなたと＊ツーショットで＊写(うつ)ってるこの人誰(ひとだれ)？

ne.e、a.na.ta.to.tsu.u.sho.t.to.de.u.tsu.t.te.ru.ko.no.hi.to.da.re

驚！

＊ぎくっ！

gi.ku

＊ツーショット(two-shot)：兩人合照。　＊写(うつ)る：顯像、映照。
＊ぎくっ：突然被預料之外的事物驚嚇到的樣子。

句型分析

● 車(くるま)にひかれる：被車撞到。

令人驚訝！ 343

▶ 驚(おどろ)いた！ [o.do.ro.i.ta]

真是令人驚訝！沒想到她竟然變成大美女！

＊驚(おどろ)いた！＊まさかあの彼女(かのじょ)がこんなに美人(びじん)になるなんて！

o.do.ro.i.ta! ma.sa.ka.a.no.ka.no.jo.ga.ko.n.na.ni.bi.ji.n.ni.na.ru.na.n.te

女大十八變囉！

女(おんな)は＊変(か)わる＊もんだね。

o.n.na.wa.ka.wa.ru.mo.n.da.ne

＊驚(おどろ)く：驚訝。 ＊まさか：想不到、該不會。 ＊変(か)わる：改變、變化，自動詞。

＊もんだ：東西，可視情況不用刻意翻譯出來為ものだ的口語。

不敢相信！ 344

▶ 信(しん)じられない！ [shi.n.ji.ra.re.na.i]

真不敢相信！你一個人就做了全部的東西？

信(しん)じられない！＊たったひとりでこれ全部(ぜんぶ)作(つく)ったの？

shi.n.ji.ra.re.na.i! ta.t.ta.hi.to.ri.de.ko.re.ze.n.bu.tsu.ku.t.ta.no

＊たった：只有。

● ● ● ●

這是什麼呀！ 345

▶ なにこれ！ [na.ni.ko.re]

這就是我的家。	これが私（わたし）の家（いえ）です。 ko.re.ga.wa.ta.shi.no.i.e.de.su
這是什麼呀！簡直就是城堡嘛！	なにこれ！▸まるでお*城（しろ）▸じゃないですか！ na.ni.ko.re! ma.ru.de.o.shi.ro.ja.na.i.de.su.ka

＊城（しろ）：城堡。

句型分析

- まるで：簡直、好像、宛如。
- じゃないですか：不是這樣～嗎，反詰語氣，可視情況不用刻意翻譯出來。

♪ 08-06

糟了！

慘了！① 346

▶ しまった！ [shi.ma.t.ta]

慘了！忘了帶作業。

しまった！*宿題忘れてきた！

shi.ma.t.ta! shu.ku.da.i.wa.su.re.te.ki.ta

*宿題（しゅくだい）：作業、功課。

慘了！② 347

▶ やばい！ [ya.ba.i]

完了！睡過頭了！

*やばい！*寝坊した！

ya.ba.i! ne.bo.o.shi.ta

*やばい：慘了、糟糕了。

補充：口語中也很常有人將やばい唸成やべっ。

*寝坊（ねぼう）：賴床。

糟了！ 348

▶ いけねっ！ [i.ke.ne]

啊！糟了！已經這麼晚了！

おっ、*いけねっ！もう こんな時間（じかん）！
o、i.ke.ne! mo.o.ko.n.na.ji.ka.n

*いけねっ：いけない的口語，日本時下年輕人常用的說法。①不行②無法③糟了。在此為③糟了的意思。

糟糕！① 349

▶ あちゃー！ [a.cha.a]

糟糕！慘了！

あちゃー！*やっちゃった！
a.cha.a! ya.c.cha.t.ta

*やっちゃった：糟了、完蛋了，やってしまった的口語。

句型分析

● ～てきた：做了～之後才過來，常用句型，可視情況不用刻意翻譯出來。

例句：ケーキを持（も）ってきた。〔我帶了蛋糕（過來）〕

宿題（しゅくだい）忘（わす）れてきた。〔我忘了帶作業（來了）〕

糟糕！② 350

▶ まずい！ [ma.zu.i]

您購買的商品金額總共是5800 圓。

＊お買い上げは＊合計で ５８００ 円▸になります。

o.ka.i.a.ge.wa.go.o.ke.i.de.go.se.n.ha.p.pya.ku.e.n.ni.na.ri.ma.su

糟糕！錢不夠了！

▸まずい！お金が＊足りない！

ma.zu.i! o.ka.ne.ga.ta.ri.na.i

＊お買い上げ：購買。 ＊合計：總計、合計。 ＊足りない：不夠。

句型分析

- **になります**：です的敬語。
- **まずい！お金が**：日語中常有這種省略用法，可依前後文判定後面省略的部分為何。在此省略了足りない（不夠）。

¥ お会計 CASHER
結帳
5800
やばい!
糟糕！
お金が…
錢好像…
たら～
嗒嗒…
チャリ～ン
噹啷…
50
100
カードも忘れたし
也忘了帶卡出門

GOOD!
がんばって
次へ

本篇收錄3個單元，介紹當我們感到困惑、困擾時常說的單字、句子，你知道「莫名其妙」還有網路上流行的「囧了」這些平常朗朗上口的中文日語怎麼說嗎？就看這篇解開你的疑惑吧！

♪ 09-01

不知該如何是好

不知所措 351

▶ 困惑している [ko.n.wa.ku.shi.te.i.ru]

 聽說社長現在行蹤不明。

社長が*行方不明だそうですね。
sha.cho.o.ga.yu.ku.e.fu.me.i.da.so.o.de.su.ne

 是的，事情發生得太突然，我們也不知該如何才好。

はい。突然のことで、私*どもも大変*困惑しています。
ha.i。to.tsu.ze.n.no.ko.to.de、wa.ta.shi.do.mo.mo.ta.i.he.n.ko.n.wa.ku.shi.te.i.ma.su

*行方不明：失蹤、下落不明。行方（行蹤、去向）
*ども：我們，人稱代名詞，謙讓用法。
*困惑：困擾、不知該如何是好。

疑惑、困惑

352

▶ 戸惑う（とまどう） [to.ma.do.u]

恭喜新社長就職！

新社長（しんしゃちょう）＊就任（しゅうにん）、おめでとうございます！
shi.n.sha.cho.o.shu.u.ni.n、o.me.de.to.o.go.za.i.ma.su

我的經驗不足，工作上還有許多不懂的地方。

＊経験不足（けいけんぶそく）で、＊ただ＊戸惑う（とまどう）＊ばかりです。
ke.i.ke.n.bu.so.ku.de、ta.da.to.ma.do.u.ba.ka.ri.de.su

＊就任（しゅうにん）：就職。　＊経験不足（けいけんぶそく）：經驗不足。　＊ただ：只是、不過。
＊戸惑う（とまどう）：困惑、猶豫不知該如何是好。　＊ばかり：只有、都是。

走投無路

353

▶ 途方に暮れる（とほうにくれる） [to.ho.o.ni.ku.re.ru]

在巴士的終點站下車，卻找不到住宿的地方，真不知該怎麼辦才好。

バスの＊終点（しゅうてん）で降（お）りたらどこにも＊宿（やど）がなくて、＊途方（とほう）に＊暮（く）れちゃったよ。
ba.su.no.shu.u.te.n.de.o.ri.ta.ra.do.ko.ni.mo.ya.do.ga.na.ku.te、to.ho.o.ni.ku.re.cha.t.ta.yo

＊終点（しゅうてん）：終點站。　＊宿（やど）：住宿的地方。
＊途方（とほう）：辦法、道理。　＊暮れる（くれる）：到了盡頭。

頭腦一片混亂

354

▶ 頭（あたま）がこんがらがってきた [a.ta.ma.ga.ko.n.ga.ra.ga.t.te.ki.ta]

也就是說啊，從小由單親媽媽扶養長大的茉莉花喜歡達也，但達也喜歡的是茉莉花的表妹小堇，不過小堇深愛達也的好友玲二。有一天玲二遇見了與母親一起逛街的茉莉花，對她一見鍾情，同時，茉莉花的母親也對玲二一見傾心。

＊つまりね、＊シングルマザーに育（そだ）てられた＊主人公（しゅじんこう）の茉莉花（まりか）は達也（たつや）を好（す）きになるんだけど、達也（たつや）は彼女（かのじょ）の＊従姉妹（いとこ）の＊すみれが好（す）きで、すみれは達也（たつや）の親友（しんゆう）の玲二（れいじ）▸しか▸目（め）に入（はい）らない。母親（ははおや）と買（か）い物中（ものちゅう）の茉莉花（まりか）に玲二（れいじ）が＊ひとめぼれする▸と同時（どうじ）に、茉莉花（まりか）の母親（ははおや）が玲二（れいじ）に▸心奪（こころうば）われて・・・

tsu.ma.ri.ne、shi.n.gu.ru.ma.za.a.ni.so.da.te.ra.re.ta.shu.ji.n.ko.o.no.ma.ri.ka.wa.ta.tsu.ya.o.su.ki.ni.na.ru.n.da.ke.do、ta.tsu.ya.wa.ka.no.jo.no.i.to.ko.no.su.mi.re.ga.su.ki.de、su.mi.re.wa.ta.tsu.ya.no.shi.n.yu.u.no.re.i.ji.shi.ka.me.ni.ha.i.ra.na.i。ha.ha.o.ya.to.ka.i.mo.no.chu.u.no.ma.ri.ka.ni.re.i.ji.ga.hi.to.me.bo.re.su.ru.to.do.o.ji.ni、ma.ri.ka.no.ha.ha.o.ya.ga.re.i.ji.ni.ko.ko.ro.u.ba.wa.re.te

不行了…我的頭腦一片混亂…

ダメだー、頭（あたま）が＊こんがらがってきた！

da.me.da.a、a.ta.ma.ga.ko.n.ga.ra.ga.t.te.ki.ta

＊つまり：總之、也就是說。

＊シングルマザー（single mother）：單親媽媽。

＊主人公（しゅじんこう）：主角。

＊従姉妹（いとこ）：堂姊妹、表姊妹。

＊すみれ：紫羅蘭。在此為人名堇。

＊ひとめぼれする：一見鍾情。

＊こんがらがる：混亂、沒秩序。

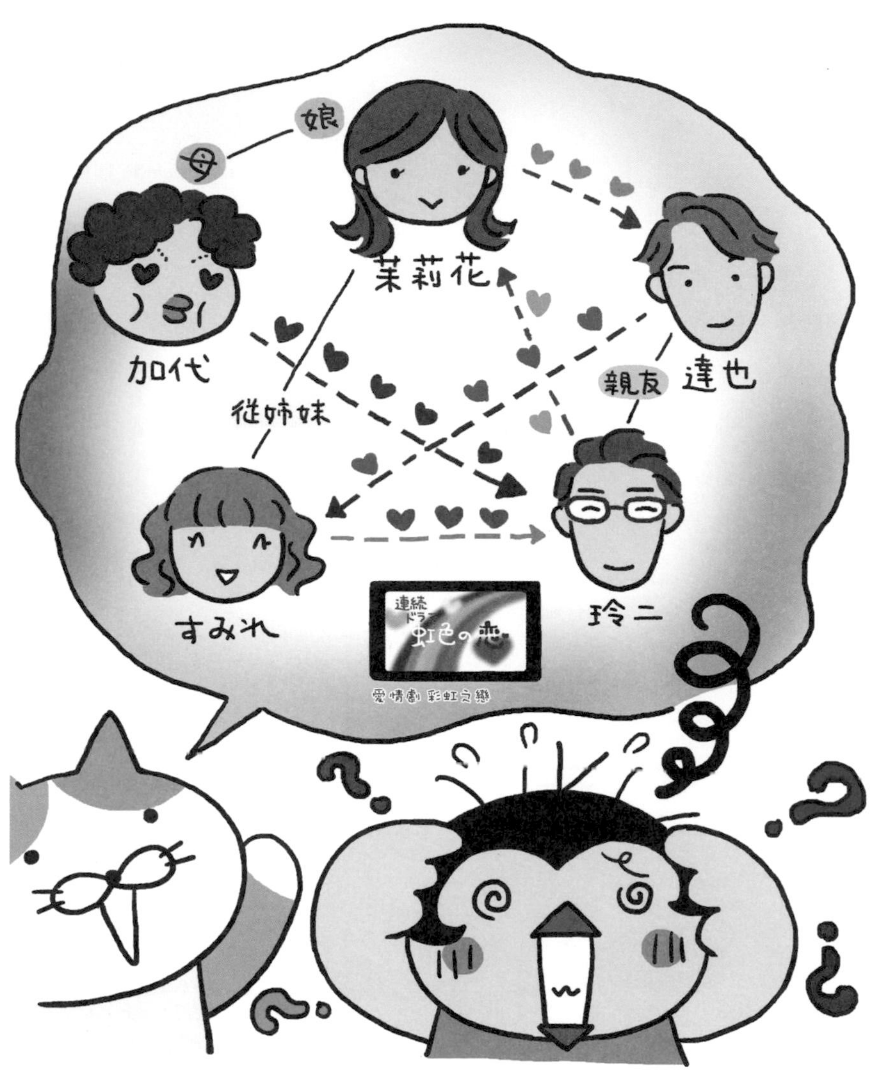

句型分析

- ～しか～ない：只有。

  例句：やるしかない。（只能做了）　　　これしか残(のこ)ってない。（只剩下這個了）

- 目(め)に入(はい)る：注意。
- ～と同時(どうじ)に：～的同時。
- 心(こころ)を奪(うば)われた：傾心。

被搞糊塗了

355

▶ 頭(あたま)が混乱(こんらん)してきた [a.ta.ma.ga.ko.n.ra.n.shi.te.ki.ta]

順便幫我買海苔便當！那我要鮪魚葱花丼！我要薑燒豬肉便當！我要醬汁豬排丼！我要附燉菜的蛋包飯與香蒜辣椒義大利麵！

＊ついでに＊のり弁(べんか)買ってきて！じゃ俺(おれ)は＊ネギ＊トロ丼(どん)！私(わたし)は豚生姜焼き弁当(ぶたしょうがやきべんとう)！僕(ぼく)はソースカツ丼(どん)！私(わたし)は＊ラタトゥイユ＊添(ぞ)え＊オムライス＆＊ペペロンチーノ！

tsu.i.de.ni.no.ri.be.n.ka.t.te.ki.te! ja.o.re.wa.ne.gi.to.ro.do.n! wa.ta.shi.wa.bu.ta.sho.o.ga.ya.ki.be.n.to.o! bo.ku.wa.so.o.su.ka.tsu.do.n! wa.ta.shi.wa.ra.ta.to.i.yu.zo.e.o.mu.ra.i.su & pe.pe.ro.n.chi.i.no

等、等一下！被搞糊塗了…

ちょ、ちょっと待(ま)って。頭(あたま)が混乱(こんらん)してきた。

cho、cho.t.to.ma.t.te。a.ta.ma.ga.ko.n.ra.n.shi.te.ki.ta

＊ついでに：順便。　＊のり：海苔。　＊ネギ：蔥。

＊トロ：鮪魚最肥美的部分。　＊ラタトゥイユ(Ratatouille)：普羅旺斯燉菜。

＊添える(そ)：附帶、附上。　＊オムライス：（オムレツ(omelette)＋ライス(rice)）蛋包飯。

＊ペペロンチーノ(peperoncino)：香蒜辣椒義大利麵。

COLUMN

カツ丼(どん)

豬排飯的意思，同時因為**カツ**音同於「**勝つ**(か)（勝利）」，所以日本人在考試前常會吃炸豬排蓋飯討個好兆頭。

一點辦法也沒有　356

▶ 手(て)のつけようがない [te.no.tsu.ke.yo.o.ga.na.i]

原本飼養的狗和小狗處不來，他們一吵架我真是一點辦法也沒有。

＊元(もと)から＊飼(か)ってる犬(いぬ)と子犬(こいぬ)の▸相性(あいしょう)が悪(わる)くて、けんかを▸始(はじ)めると手(て)のつけようがないんです。

mo.to.ka.ra.ka.t.te.ru.i.nu.to.ko.i.nu.no.a.i.sho.o.ga.wa.ru.ku.te、ke.n.ka.o.ha.ji.me.ru.to.te.no.tsu.ke.yo.o.ga.na.i.n.de.su

所以才叫得這麼大聲啊。

▸それでこんなに＊吠(ほ)えてるんですか。

so.re.de.ko.n.na.ni.ho.e.te.ru.n.de.su.ka

＊元(もと)：原本、根源、基礎。　＊飼(か)う：飼養。　＊吠(ほ)える：叫。

句型分析

- **相性(あいしょう)が悪(わる)い**：處不來。**相性(あいしょう)** ①性情②緣分。在此為①性情的意思。
- **始(はじ)めると**：一開始、開始的話。開始＋と表示做動作時、做這個動作的話。
- **それで**：所以、因此。

連走路的地方都沒有 357

▶ 足の踏み場もない [a.shi.no.fu.mi.ba.mo.na.i]

來，別客氣！快進來吧！

＊ま、▸遠慮しないで入ってよ。

ma、e.n.ryo.shi.na.i.de.ha.i.t.te.yo

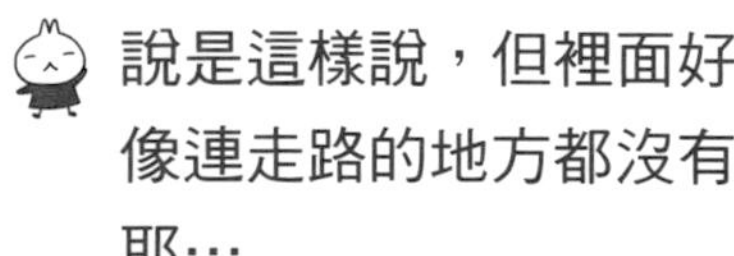

說是這樣說，但裡面好像連走路的地方都沒有耶…

そう＊言われても、足の＊踏み場もないん▸だけど・・・。

so.o.i.wa.re.te.mo、a.shi.no.fu.mi.ba.mo.na.i.n.da.ke.do

＊ま：嗯。發語詞，也很常說成「まあ」。　＊～言われる：被說～、對我說～。
＊踏み場：站的地方。

束手無策 358

▶ なすすべもない [na.su.su.be.mo.na.i]

面對大自然的威猛力量，人類真是束手無策。

大自然(だいしぜん)の*猛威(もうい)を前(まえ)に、人間(にんげん)は▸なすすべもありませんでした。

da.i.shi.ze.n.no.mo.o.i.o.ma.e.ni、ni.n.ge.n.wa.na.su.su.be.mo.a.ri.ma.se.n.de.shi.ta

*猛威(もうい)：威力。

句型分析

- 遠慮(えんりょ)しないで：別客氣。
- だけど：①但是②無意義。在此為②無意義。
- なすすべもない：束手無策。漢字寫成「成(な)す術(すべ)」：方法、手段。

怎麼會這樣！ 359

▶ そんなばかな！ [so.n.na.ba.ka.na]

這裡沒有您的預約紀錄…

*お客様(きゃくさま)の*ご予約(よやく)は入(はい)っておりませんが。

o.kya.ku.sa.ma.no.go.yo.ya.ku.wa.ha.i.t.te.o.ri.ma.se.n.ga

怎麼會這樣！我明明在網路上預約了啊！

そんなばかな！*ちゃんと*オンライン予約(よやく)しましたよ！

so.n.na.ba.ka.na!　cha.n.to.o.n.ra.i.n.yo.ya.ku.shi.ma.shi.ta.yo

*お客様(きゃくさま)：客人。

*ご予約(よやく)：您的預約。

*ちゃんと：仔細、確實地。

*オンライン(on line)：線上。

怎會有這種事？ 360

▶ こんなのあり？ [ko.n.na.no.a.ri]

出差完一回到家，老婆離家出走，家具也全沒了…怎會有這種事！

出張(しゅっちょう)から帰(かえ)ったら、*女房(にょうぼう)が家(いえ)を出(で)て、家具(かぐ)が全部(ぜんぶ)なくなってた・・・こんなのあり！？

shu.c.cho.o.ka.ra.ka.e.t.ta.ra、nyo.o.bo.o.ga.i.e.o.de.te、ka.gu.ga.ze.n.bu.na.ku.na.t.te.ta…ko.n.na.no.a.ri

*女房(にょうぼう)：老婆。

句型分析

- 予約(よやく)は入(はい)る：排入預約。
- ております：です的敬語。
- 家(いえ)を出(で)る：離家出走。
- なくなる：①沒有了、用完了 ②去世了。在此為①沒有了的意思。
- こんなのあり：有這種事嗎？帶有不滿的口氣。

♪ 09-02

造成困擾

傷腦筋 361

▶ 困(こま)った [ko.ma.t.a]

導演、聽說女主角因為颱風的關係被困在機場了。

＊監督(かんとく)、＊主演女優(しゅえんじょゆう)が台風(たいふう)のため空港(くうこう)で▸足止(あしど)めを食(く)らっているそうです。

ka.n.to.ku、shu.e.n.jo.yu.u.ga.ta.i.fu.u.no.ta.me.ku.u.ko.o.de.a.shi.do.me.o.ku.ra.t.te.i.ru.so.o.de.su

什一麼？這真傷腦筋！

えーっ！？▸そりゃ困(こま)ったなー！

e.e!? so.rya.ko.ma.t.ta.na.a

＊監督(かんとく)：導演。　＊主演女優(しゅえんじょゆう)：女主角。

糟糕了！ 362

▶ まずいことになった [ma.zu.i.ko.to.ni.na.t.ta]

糟糕了！飛機誤點，好像快趕不上轉乘的班機了。

＊まずいことになった。飛行機(ひこうき)が＊遅(おく)れて、＊乗(の)り継(つ)ぎ＊便(びん)に＊間(ま)に合(あ)い▸そうにない。

ma.zu.i.ko.to.ni.na.t.ta。hi.ko.o.ki.ga.o.ku.re.te、no.ri.tsu.gi.bi.n.ni.ma.ni.a.i.so.o.ni.na.i

＊まずい：①不好吃②不妙、糟糕。此為②的意思。　＊遅(おく)れる：晚、耽誤。
＊乗(の)り継(つ)ぐ：轉乘。　＊便(びん)：班次。　＊間(ま)に合(あ)う：趕上、來得及。

頭痛 363

▶ 頭(あたま)が痛(いた)い [a.ta.ma.ga.i.ta.i]

對公司的資金運作很頭痛，當社長真是辛苦。

会社(かいしゃ)の＊資金繰(しきんぐ)りで、▸頭(あたま)が痛(いた)い。社長(しゃちょう)はつらいよ。

ka.i.sha.no.shi.ki.n.gu.ri.de、a.ta.ma.ga.i.ta.i。sha.cho.o.wa.tsu.ra.i.yo

＊資金繰(しきんぐ)り：籌措、周轉資金。繰(く)る：翻、捻。

句型分析

- 足止(あしど)めを食(く)う：被困住。
- そりゃ：那可真是，それは的口語講法。
- ～そうにない：動詞ます型＋そうにない表示不可能～、不太可能的樣子。
- 頭(あたま)が痛(いた)い：頭痛、傷腦筋。

傷腦筋、糟糕 364

▶ まいった [ma.i.t.ta]

已經聚集300 人了。

300 人以上集まってますよ。

sa.n.bya.ku.ni.n.i.jo.o.a.tsu.ma.t.te.ma.su.yo

糟糕了～我只準備了100 人的份量。

*まいったな～、100 *人分の*用意しかしてないよ。

ma.i.t.ta.na ～、hya.ku.ni.n.bu.n.no.yo.o.i.shi.ka.shi.te.na.i.yo

*まいった：認輸、我服了，まいる的過去式。

*～人分：～人份。 *用意：準備、預備。

麻煩事 365

▶ 厄介なこと [ya.k.ka.i.na.ko.to]

如果因為一時好玩，亂寄恐嚇信件，是會惹上麻煩的喔。 到時受到警方的「關照」我可不管你喔！

*遊び半分で*脅迫メールを送ったら、*厄介なことになるよ。警察のお世話になっても知らないからね！

a.so.bi.ha.n.bu.n.de.kyo.o.ha.ku.me.e.ru.o.o.ku.t.ta.ra、ya.k.ka.i.na.ko.to.ni.na.ru.yo。ke.i.sa.tsu.no.o.se.wa.ni.na.t.te.mo.shi.ra.na.i.ka.ra.ne

*遊び半分：半開玩笑、一時興起。 *脅迫：：恐嚇。

*厄介な：麻煩、棘手。

麻煩

366

▶ 面倒（めんどう）なこと [me.n.do.o.na.ko.to]

那裡好像有人發生爭執。

あそこで＊もめ事（ごと）が起（お）きてるみたい。

a.so.ko.de.mo.me.go.to.ga.o.ki.te.ru.mi.ta.i

還是別靠近的好。萬一被捲入可就麻煩大了。

＊近（ちか）づかないほうがいい。＊面倒（めんどう）なことに＊巻（ま）き込（こ）まれると大変（たいへん）だよ。

chi.ka.zu.ka.na.i.ho.o.ga.i.i。 me.n.do.u.na.ko.to.ni.ma.ki.ko.ma.re.ru.to.ta.i.he.n.da.yo

＊もめ事（ごと）：糾紛、爭執。　＊近（ちか）づく：接近、靠近。　＊面倒（めんどう）な：麻煩、棘手。
＊巻（ま）き込（こ）まれる：被捲入。巻（ま）き込（こ）む的被動形。

句型分析

- ことになる：變成～。可視情況不用刻意翻譯出來。
- お世話（せわ）になる： 照顧。
- 起（お）きてるみたい：好像發生了什麼事的樣子。動詞＋みたい：好像～的樣子。
- ～ほうがいい：～比較好。

囧　367

▶ 弱(よわ)った [yo.wa.t.ta]

囧，手機完全不通。

弱(よわ)ったな～、*携帯(けいたい)も全然(ぜんぜん)*通(つう)じない。
yo.wa.t.ta.na~、ke.i.ta.i.mo.ze.n.ze.n.tsu.u.ji.na.i

怎麼辦？在這樣的深山裡，根本沒車會經過啊！

どうしよう？こんな*山奥(やまおく)じゃ、車(くるま)も*通(とお)らないよ。
do.o.shi.yo.o? ko.n.na.ya.ma.o.ku.ja、
ku.ru.ma.mo.to.o.ra.na.i.yo

＊携帯(けいたい)：手機。　＊通(つう)じる：通（電話）、通過。
＊山奥(やまおく)：深山。　＊通(とお)る：通過。

完全無法理解、莫名其妙　368

▶ わけわかんない [wa.ke.wa.ka.n.na.i]

這個人在說什麼呀？他講的話我聽都沒聽過。

この人(ひと)、何(なに)言(い)ってるんだろう？
聞(き)いたことない言葉(ことば)なんすけど～。
ko.no.hi.to、na.ni.i.t.te.ru.n.da.ro.o?
ki.i.ta.ko.to.na.i.ko.to.ba.na.n.su.ke.do

完全無法理解耶…

わけわかんないね・・・
wa.ke.wa.ka.n.na.i.ne

抱頭苦思、傷腦筋 369

▶頭(あたま)を抱(かか)える [a.ta.ma.o.ka.ka.e.ru]

對於不成材的小兒子，我真的感到很頭痛。

▸出来(でき)の悪(わる)い*末(すえ)っ子(こ)には、▸頭(あたま)を抱(かか)えてるのよ。

de.ki.no.wa.ru.i.su.e.k.ko.ni.wa、a.ta.ma.o.ka.ka.e.te.ru.no.yo

他是個老實溫順的好孩子啊！不要光看成績嘛！

*素直(すなお)でいい子(こ)じゃない。人間(にんげん)、成績(せいせき)じゃないって！

su.na.o.de.i.i.ko.ja.na.i。ni.n.ge.n、se.i.se.ki.ja.na.i.t.te

*末(すえ)っ子(こ)：小兒子。　*素直(すなお)：天真、純樸。

句型分析

- どうしよう：怎麼辦？どう：如何、怎麼。しよう：想做。
- だろう：呢？呀？表疑問。
- ～たことない：做過某事的固定句型。
- わけわかんない：不明所以，莫明其妙。
- 出来(でき)の悪(わる)い：出来(でき)為成果的意思。在此引申為不成材的意思。
- 頭(あたま)を抱(かか)える：傷腦筋。

♪ 09-03

好麻煩喔！

好麻煩！① 370

▶ 面倒（めんどう）くさい

這全都要整理嗎？好麻煩喔～

これ全部（ぜんぶ）*片付（かたづ）けるの？
面倒（めんどう）くさーい！
ko.re.ze.n.bu.ka.ta.zu.ke.ru.no?
me.n.do.o.ku.sa.a.i

少囉嗦！快整理啦～

*ぶつくさ言（い）わないで、*さっさとやりなさい！
bu.tsu.ku.sa.i.wa.na.i.de、sa.s.sa.to.ya.ri.na.sa.i

*片付（かたづ）ける：整理。
*ぶつくさ：囉唆、嘮叨。
*さっさと：趕快、迅速，副詞。

好麻煩喔！② 371

▶ かったるい [ka.t.ta.ru.i]

 可以幫我拿這個到田中先生的家嗎？

これ、ちょっと田中さんのうちに持って行ってくれる？。

ko.re、cho.t.to.ta.na.ka.sa.n.no.u.chi.ni.
mo.t.te.i.t.te.ku.re.ru

 ㄟ…好麻煩喔！

え～、*かったるい*なあ。

e~、ka.t.ta.ru.i.na.a

＊かったるい：麻煩。　　＊なあ：喔…。句末感嘆詞。

句型分析

- ～なさい：請～。帶有柔性命令的語氣。
- ～持って行ってくれる：幫我帶～去。～て行って（去做～）
～てくれる（幫我做～）

超麻煩！ 372

▶ しち面倒(めんどう)くさい [shi.chi.me.n.do.o.ku.sa.i]

我表妹奈津美想問你能不能幫忙調停一件事，她老公和兒子正處於冷戰狀態。

＊従姉妹(いとこ)の奈津美(なつみ)さんが、＊冷戦状態(れいせんじょうたい)が続(つづ)いてる＊ご主人(しゅじん)と息子(むすこ)の間(あいだ)をあなたに＊取(と)り持(も)ってくれないかって言(い)ってるんだけど。

i.to.ko.no.na.tsu.mi.sa.n.ga、re.i.se.n.jo.o.ta.i.ga.tsu.zu.i.te.ru.go.shu.ji.n.to.mu.su.ko.no.a.i.da.o.a.na.ta.ni.to.ri.mo.t.te.ku.re.na.i.ka.t.te.i.t.te.ru.n.da.ke.do

這麼麻煩的事，別來找我好嗎！

そんな＊しち面倒(めんどう)くさいこと、私(わたし)に＊頼(たの)むなよ！

so.n.na.shi.chi.me.n.do.o.ku.sa.i.ko.to、wa.ta.shi.ni.ta.no.mu.na.yo

＊**従姉妹(いとこ)**：表姊妹、堂姊妹。

＊**冷戦状態(れいせんじょうたい)**：冷戰狀態。

＊**ご主人(しゅじん)**：先生，稱呼他人丈夫。

＊**取(と)り持(も)つ**：周旋、牽線。

＊**しち面倒(めんどう)**：好麻煩。しち（接頭語，表示程度之重，非常～的意思。）

＊**頼(たの)む**：拜託。

まあまあ、ふたりともお互い意地を張らないで
好啦好啦你們倆！就別在固執了吧！
お願い！
拜託！
え〜…
蛤〜
しち面倒くさー
超麻煩的！

GOOD!
がんばって
次へ

第10章

傻眼

本篇收錄2個單元，介紹當我們受到意想不到的衝擊、遇到難以接受的狀況或是感到不滿時會有的反應。「傻眼」、「無言」這些平常說慣了的中文，日語就該這麼說！

♪ 10-01

真是令人驚訝！

驚訝得說不出話 ① 373

▶ あきれて物(もの)も言(い)えない [a.ki.re.te.mo.no.mo.i.e.na.i]

那國的總統，聽說在瑞士的秘密帳戶存了一兆圓呢！

あの国(くに)の*大統領(だいとうりょう)、*スイスの*隠(かく)し口座(こうざ)に 1 兆円(いっちょうえん)も*預(あず)けてるらしいよ。

a.no.ku.ni.no.da.i.to.o.ryo.o、su.i.su.no.ka.ku.shi.ko.o.za.ni.i.c.cho.o.e.n.mo.a.zu.ke.te.ru.ra.shi.i.yo

真是太令人驚訝了…

あきれて物(もの)も言(い)えないね。

a.ki.re.te.mo.no.mo.i.e.na.i.ne

＊大統領(だいとうりょう)：總統。　＊スイス(Suisse)：瑞士。

＊隠(かく)し口座(こうざ)：祕密帳戶。

＊預(あず)ける：①存、寄放。例如〔銀行(ぎんこう)にお金(かね)を預(あず)ける。（把錢存在銀行）〕

②託付。例如〔子供(こども)を預(あず)ける。（把孩子託付給人家）〕

＊～らしい：好像～、看起來～。

驚訝到說不出話 ② 374

▶ あきれ返(かえ)る [a.ki.re.ka.e.ru]

聽說你的表兄弟中有個怪咖。

*変(か)わり者(もの)の*従兄弟(いとこ)がいるん▸だって？
ka.wa.ri.mo.no.no.i.to.ko.ga.i.ru.n.da.t.te

是啊！親戚們都被他嚇得目瞪口呆說不出話來！

そうなんだよ。親戚(しんせき)*中(じゅう)あきれ返(かえ)ってる。
so.o.na.n.da.yo。shi.n.se.ki.ju.u.a.ki.re.ka.e.t.te.ru

*変(か)わり者(もの)：怪人、怪物。
*従兄弟(いとこ)：堂兄弟、表兄弟。
*～中(じゅう)：～之中，表示範圍。
*あきれ返(かえ)る：因為震驚而說不出話來。

● ● ● ●

無言 ① 375

▶ 絶句(ぜっく) [ze.k.ku]

老公，這件泳衣如何？

あなた、この*水着(みずぎ)どう*かしら？
a.na.ta、ko.no.mi.zu.gi.do.o.ka.shi.ra

…無言。

…*絶句(ぜっく)。
…ze.k.ku

*水着(みずぎ)：泳衣。
*かしら：嗎（自言自語），女性用語，終助詞。
*絶句(ぜっく)：無話可說（用於負面場合較多）。

句型分析

● 物(もの)も言(い)えない：什麼話都說不出來。
● ～だって：聽說～。轉述從別人那裡聽到某事的固定用法。

無言 ② 376

▶ 二の句が継げない [ni.no.ku.ga.tsu.ge.na.i]

順手牽羊的歐巴桑還理直氣壯得狡辯，真令人無言。

*万引きおばさんの超*強気な*言い訳に、*二の句が*継げなかったよ。

ma.n.bi.ki.o.ba.sa.n.no.cho.o.tsu.yo.ki.na.i.i.wa.ke.ni、ni.no.ku.ga.tsu.ge.na.ka.t.ta

偷竊行為真是一種病啊。

万引きは病気だね。

ma.n.bi.ki.wa.byo.o.ki.da.ne

＊万引き：順手牽羊。
＊強気な：強硬、理直氣壯的樣子。
＊言い訳：藉口、辯解。
＊二の句：接下來要說的話。
＊継げる：能夠繼續，継ぐ的可能型。

無言以對 ③ 377

▶ あきれ果てる [a.ki.re.ha.te.ru]

都已經發生了這麼嚴重的事故，竟然還有傢伙要推動核電。

こんな*深刻な事故が起こったのに、まだ*原発を*推進し▸ようとする*連中がいる。

ko.n.na.shi.n.ko.ku.na.ji.ko.ga.o.ko.t.ta.no.ni、ma.da.ge.n.pa.tsu.o.su.i.shi.n.shi.yo.o.to.su.ru.re.n.chu.u.ga.i.ru

真是令人無言…

*まったく、あきれ*果てるよね。

ma.t.ta.ku、a.ki.re.ha.te.ru.yo.ne

＊深刻(しんこく)な：嚴重，形容動詞。
＊原発(げんぱつ)：核電。
＊推進(すいしん)する：推動。
＊連中(れんちゅう)：夥伴、一夥。
＊まったく：①真是的②完全。在此為①真是的之意，不滿的語氣強烈。
＊果(は)てる：①事情進展到最後②去世。在此為①的意思。
補充：動詞ます型＋果(は)てる，動作進展到最後。

真的假的！ 378

▶ あきれる [a.ki.re.ru]

「スイーツ(sweets)」是啥意思？

「＊スイーツ」って何(なん)のこと？
su.i.i.tsu.t.te.na.n.no.ko.to

真的假的！媽～都什麼年代了，妳連這個都不知道？

＊あきれた！お母(かあ)さん、＊今(いま)どきそんなことも知(し)らないの？
a.ki.re.ta! o.ka.a.sa.n、i.ma.do.ki.so.n.na.ko.to.mo.shi.ra.na.i.no

＊スイーツ(sweets)：甜點。
＊あきれる：真的假的！形容難以置信到幾乎呆掉的樣子。
＊今(いま)どき：如今、這時候。

注意
日本年輕人流行把「甜點」説成スイーツ (sweets)，和菓子（日式甜點）就變成「和(わ)スイーツ」，但一般年長者不太使用。

句型分析

● ～ようとする：（嘗試）想要～。
例句：娘(むすめ)は２６歳(にじゅうろくさい)なる前(まえ)に結婚(けっこん)しようとしている。（女兒想在26歲前結婚。）

傻眼

379

▶ 開（あ）いた口（くち）がふさがらない

[a.i.ta.ku.chi.ga.fu.sa.ga.ra.na.i]

對了，記得以前在青森曾有位男性因盜領了14億元給太太而被逮捕喔！

＊そういえば昔（むかし）、青森（あおもり）で１４億円（じゅうよんおくえん）も＊横領（おうりょう）して妻（つま）に＊貢（みつ）いで＊捕（つか）まった男（おとこ）がいたなあ。

so.o.i.e.ba.mu.ka.shi、a.o.mo.ri.de.ju.u.yo.n.o.ku.e.n.mo.o.o.ryo.o.shi.te.tsu.ma.ni.mi.tsu.i.de.tsu.ka.ma.t.ta.o.to.ko.ga.i.ta.na.a

而且聽說這位智利籍的妻子還回國住在豪宅裡，真是令人傻眼。

＊しかもその＊チリ人妻（じんづま）は＊帰国（きこく）して＊豪邸（ごうてい）暮（ぐ）らししてるっていうから、▸開（あ）いた口（くち）が＊ふさがらないよね。

shi.ka.mo.so.no.chi.ri.ji.n.zu.ma.wa.ki.ko.ku.shi.te.go.o.te.i.gu.ra.shi.shi.te.ru.t.te.i.u.ka.ra、a.i.ta.ku.chi.ga.fu.sa.ga.ra.na.i.yo.ne

＊そういえば：①這麼說來②對了！（開啟話題時的用語）。在此為②的意思。

＊横領（おうりょう）：侵占、私吞。　＊貢（みつ）ぐ：供養、納貢。

＊捕（つか）まる：抓住、被捕。　＊しかも：而且。

＊チリ（Chile）：智利。　＊帰国（きこく）する：回國、歸國。

＊豪邸（ごうてい）：豪宅。　＊ふさがる：閉、關。

目瞪口呆 380

▶ 口(くち)をあんぐりさせる [ku.chi.o.a.n.gu.ri.sa.se.ru]

昨天在路上看到一個穿著很嚇人的歐巴桑…	昨日(きのう)*見(み)かけた*おばさん、*すごい服(ふく)着(き)て歩(ある)いてたなあ。 ki.no.o.mi.ka.ke.ta.o.ba.sa.n、su.go.i.fu.ku.ki.te.a.ru.i.te.ta.na.a
大家都嚇得目瞪口呆呢。	みんな▸目(め)を剥(む)いて、口(くち)を*あんぐりさせてたよね。 mi.n.na.me.o.mu.i.te、ku.chi.o.a.n.gu.ri.sa.se.te.ta.yo.ne

*見(み)かける：看到、看見。

*おばさん：阿姨，用來稱呼較自己輩分高的女性。

*すごい：①厲害、非常②可怕、嚇人。此為②的意思。

*あんぐりさせる：因為驚訝過度而張著嘴的樣子。させる為使役動詞，在此表示因為驚訝過度「使」嘴巴闔不攏。

句型分析

- 開(あ)いた口(くち)がふさがらない：瞠目結舌。
- 目(め)を剥(む)く：因為憤怒或驚訝等情緒波動而睜大眼睛。

♪ 10-02

被打敗了！

啞然、無言以對 381

▶ 唖然(あぜん)とする [a.ze.n.to.su.ru]

你去支援新開幕的分店對吧？結果如何？

新(あたら)しく*オープンする*支店(してん)の▸応援(おうえん)に行(い)ったんでしょ？どうだった？

a.ta.ra.shi.ku.o.o.pu.n.su.ru.shi.te.n.no.o.o.e.n.ni.i.t.ta.n.de.sho? do.o.da.t.ta

已經是開店前一天了，竟然都還沒準備好，真是令人無言！

開店(かいてん)*前日(ぜんじつ)なのに*ほとんど準備(じゅんび)が終(お)わってなくて、唖然(あぜん)としたよ！

ka.i.te.n.ze.n.ji.tsu.na.no.ni.ho.to.n.do.ju.n.bi.ga.o.wa.t.te.na.ku.te、a.ze.n.to.shi.ta.yo

*オープン(open)：開店。

*前日(ぜんじつ)：前一天。也可以唸成前日(まえび)。

*支店(してん)：分店。

*ほとんど：幾乎、大部分。

投降、沒輒

382

▶ お手上げ（てあ） [o.te.a.ge]

我已經拿小姐的任性束手無策了。

*お嬢様（じょうさま）の*わがままには、もう*お手上げ（てあ）です。

o.jo.o.sa.ma.no.wa.ga.ma.ma.ni.wa、mo.o.o.te.a.ge.de.su

既然是管家，就閉嘴乖乖聽我的命令！

*執事（しつじ）なら*黙（だま）って私（わたし）の命令（めいれい）をお聞（き）きなさい！

shi.tsu.ji.na.ra.da.ma.t.te.wa.ta.shi.no.me.i.re.i.o.o.ki.ki.na.sa.i

オホホホ
呵呵呵
私のバースデーパーティーは東京駅を貸し切ってゴージャスにやるの！
我的生日就把整個東京車站包下來辦個豪華派對吧！
これは命令よ！
這是命令喔！

*お嬢様（じょうさま）：大小姐。　　*わがまま：任性、恣意。

*お手上げ（てあ）：束手無策。

*執事（しつじ）：管家。有些日本貴族、富豪家中會安插「執事」這樣的職務。相當於管家負責家中大小事、服侍主人等。

*黙る（だま）：沉默、住口。

句型分析

● 応援（おうえん）に行（い）く：去支援。～に行（い）く：去做～。

無聊 383

▶ くだらない [ku.da.ra.na.i]

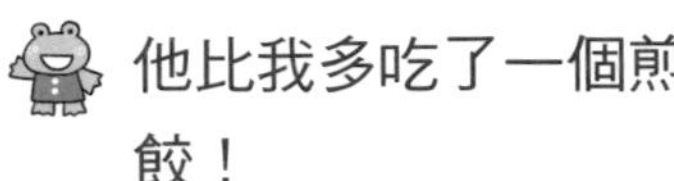

他比我多吃了一個煎餃！

あいつが＊ギョーザを僕(ぼく)▸よりひとつ多(おお)く食(た)べたんだよ！

a.i.tsu.ga.gyo.o.za.o.bo.ku.yo.ri.hi.to.tsu.o.o.ku.ta.be.ta.n.da.yo

你很無聊耶。這樣也能大吵一架？

＊くだらない。そんなことで＊大喧嘩(おおげんか)してたの？

ku.da.ra.na.i。so.n.na.ko.to.de.o.o.ge.n.ka.shi.te.ta.no

＊ギョーザ：煎餃。日本的餃子一般是指煎餃，水餃子(すいギョーザ)才是指水餃。

＊くだらない：無聊。　＊大喧嘩(おおげんか)：大吵一架。

無可救藥 384

▶ 救(すく)いようのない [su.ku.i.yo.o.no.na.i]

啊～我真是個無可救藥的傻瓜！為什麼當初沒有察覺他對我的感覺…

あ～私(わたし)は▸救(すく)いようのないばかだ！どうしてあの時彼(ときかれ)の＊気持(きも)ちに気(き)づかなかったんだろう。

a~wa.ta.shi.wa.su.ku.i.yo.o.no.na.i.ba.ka.da!
do.o.shi.te.a.no.to.ki.ka.re.no.ki.mo.chi.ni.ki.zu.ka.na.ka.t.ta.n.da.ro.o

＊気持(きも)ち：感覺、心情。

太愚蠢了 385

▶ ばかばかしい [ba.ka.ba.ka.shi.i]

為了我的愛犬、我買了這麼多名牌服飾，餐具也全都是蒂芬妮製品，還有啊、他的狗屋也是用沐浴在北海道清新空氣的木頭所蓋成的喔！

愛(あい)する*ワンちゃんの▸ために、*ブランド服(ふく)をこんなに*集(あつ)めたの。*食器(しょっき)は全部(ぜんぶ)*ティファニー製(せい)で、お家(うち)は北海道(ほっかいどう)のきれいな空気(くうき)で育(そだ)った木(き)で特別(とくべつ)*作(つく)らせて・・・

a.i.su.ru.wa.n.cha.n.no.ta.me.ni、bu.ra.n.do.fu.ku.o.ko.n.na.ni.a.tsu.me.ta.no。sho.k.ki.wa.ze.n.bu.ti.fa.ni.i.se.i.de、o.u.chi.wa.ho.k.ka.i.do.o.no.ki.re.i.na.ku.u.ki.de so.da.t.ta.ki.de.to.ku.be.tsu.tsu.ku.ra.se.te

…太愚蠢了。

・・・ばかばかしい。

ba.ka.ba.ka.shi.i

*ワンちゃん：狗的暱稱。貓的暱稱為にゃんこ。

*ブランド(brand)：品牌、商標。　*集(あつ)める：收集。　*食器(しょっき)：餐具。

*ティファニー(Tiffany)：知名珠寶名牌。　*作(つく)らせる：被製造出來的。

句型分析

- ～より：比～，表示基準。例句：今年(ことし)は去年(きょねん)より寒(さむ)い。（今年比去年冷。）
- 救(すく)いようのない：無可救藥。救(すく)いよう（想拯救）。
- ～ために：為了～，表目的。

沒救了！ 386

▶ どうしようもない [do.o.shi.yo.o.mo.na.i]

這麼簡單的題目你都不會？我看你真是沒救了！

こんな簡単(かんたん)な問題(もんだい)もできないのか？まったく＊お前(まえ)は▸どうしようもないなあ！

ko.n.na.ka.n.ta.n.na.mo.n.da.i.mo.de.ki.na.i.no.ka?
ma.t.ta.ku.o.ma.e.wa.do.o.shi.yo.o.mo.na.i.na.a

（護著妹妹的哥哥）爸，這樣說他太可憐了吧！

（妹(いもうと)をかばう兄(あに)）お父(とう)さん、そんな＊言(い)い方(かた)しちゃ▸かわいそうだよ！

（i.mo.o.to.o.ka.ba.u.a.ni）o.to.o.sa.n、so.n.na.
i.i.ka.ta.shi.cha.ka.wa.i.so.o.da.yo

＊お前(まえ)：你，粗魯的講法，不能對長輩使用。

＊言(い)い方(かた)：說法。動詞ます型＋方(かた)：做～的方法。

例如：使(つか)い方(かた)（使用方法）。

書(か)き方(かた)（寫法）。

注意

かわいそう：好可憐的樣子。

可怕：怖(こわ)い＋そう→怖(こわ)そう〔好可怕的樣子（〇）〕

好吃：おいしい＋そう→おいしそう〔好好吃的樣子（〇）〕

可愛：かわいい＋そう→かわいそう〔好可愛的樣子（×）〕

句型分析

- どうしようもない：①已經沒有別的做法、選擇了②沒救了。在此為②的意思。
- ～しちゃ：做～的話。～しでは的口語。

索引

う

え

お

か

き

く

け

こ

さ

し

す

せ

そ

た

ち

つ

て

と

へ

ほ

ま

み

む

め

も